Giovanni Verga

Primavera e altri racconti
(1877)

Texte et illustration de couverture : © domaine public
Edition : Culturea (Hérault, 34)
Contact : infos@culturea.fr
Retrouvez notre catalogue sur http://culturea.fr
Imprimé en Allemagne par Books on Demand
Design typographique : Derek Murphy
Layout : Reedsy (https://reedsy.com/)

Dépôt légal : janvier 2023
Tous droits réservés pour tous pays

ISBN : 9791041844890

PRIMAVERA

Allorché Paolo era arrivato a Milano colla sua musica sotto il braccio - in quel tempo in cui il sole splendeva per lui tutti i giorni, e tutte le donne erano belle - avea incontrato la Principessa: le ragazze del magazzino le davano quel titolo perché aveva un visetto gentile e le mani delicate; ma soprattutto perch'era superbiosetta, e la sera, quando le sue compagne irrompevano in Galleria come uno stormo di passere, ella preferiva andarsene tutta sola, impettita sotto la sua sciarpetta bianca, sino a Porta Garibaldi. Così s'erano incontrati con Paolo, mentre egli girandolava, masticando pensieri musicali, e sogni di giovinezza e di gloria - una di quelle sere beate in cui si sentiva tanto più leggiero per salire verso le nuvole e le stelle, quanto meno gli pesavano lo stomaco e il borsellino -. Gli piacque di seguire le larve gioconde che aveva in mente in quella graziosa personcina, la quale andava svelta dinanzi a lui, tirando in su il vestitino grigio quand'era costretta a scendere dal marciapiedi sulla punta dei suoi stivalini un po' infangati. In quel modo istesso la rivide due o tre volte, e finirono per trovarsi accanto. Ella scoppiò a ridere alle prime parole di lui; rideva sempre tutte le volte che lo incontrava, e tirava di lungo. Se gli avesse dato retta alla prima, ei non l'avrebbe cercata mai più. Finalmente, una sera che pioveva - in quel tempo Paolo aveva ancora un ombrello - si trovarono a braccetto, per la via che cominciava a farsi deserta. Gli disse che si chiamava la Principessa, poiché, come spesso avviene, il suo pudore rannicchiavasi ancora nel suo vero nome, ed ei l'accompagnò sino a casa, cinquanta passi lontano dalla porta. Ella non voleva che nessuno, e lui meno d'ogni altro, potesse vedere in qual castello da trenta lire al mese vivessero i genitori della Principessa.

Trascorsero in tal modo due o tre settimane. Paolo l'aspettava in Galleria, dalla parte di via Silvio Pellico, rannicchiato nel suo gramo soprabito estivo che il vento di gennaio gli incollava sulle gambe; ella arrivava lesta lesta, col manicotto sul viso rosso dal freddo; infilava il braccio sotto quello di lui, e si divertivano a contare i sassi, camminando adagio, con due o tre gradi di freddo.

Paolo chiacchierava spesso di fughe e di cannoni, e la ragazza lo pregava di spiegarle *la cossa* in milanese. - La prima volta che salì nella cameretta di lui, al quarto piano, e l'udì suonare sul pianoforte una di quelle sue romanze di cui le avevano tanto parlato, cominciò a capire, ancora in nube, mentre guardava attorno fra curiosa e sbigottita, si sentì venir gli occhi umidi, e gli fece un bel bacio - ma questo avvenne molto tempo dopo.

Dalla modista si ciarlava sottovoce, dietro le scatole di cartone e i mucchi di fiori e di nastri sparsi sulla gran tavola da lavoro, del nuovo *moroso* della Principessa, e si rideva molto di *quest'altro*, il quale aveva un soprabitino *che sembrava quello della misericordia di Dio*, e non regalava mai uno straccio di vestito alla sua bella. La Principessa fingeva non intendere, faceva una spallata, e agucchiava, zitta e fiera.

Il povero grande artista in erba le avea tanto parlato della gloria futura, e di tutte le altre belle cose che dovevano far corteo a madonna gloria, che ella non poteva accusarlo di essersi spacciato per un principe russo o per un barone siciliano. - Una volta ei volle regalarle un anellino, un semplice cerchietto d'oro che incastonava una mezza perla falsa - erano i primi del mese allora. - Ella si fece rossa e lo ringraziò tutta commossa - per la prima volta - gli strinse le mani forte forte, ma non volle accettare il regalo: avea forse indovinato quante privazioni dovesse costare il povero gingillo al Verdi dell'avvenire, e sì che aveva accettato assai più da *quell'altro*, senza tanti scrupoli, ed anche senza tanta gratitudine. Quindi, per fare onore al suo amante, si sobbarcò a gravi spese; prese a credenza una vesticciuola al Cordusio; comperò una mantellina da venti lire sul Corso di Porta Ticinese, e dei gingilli di vetro che si vendevano in Galleria Vecchia. *L'altro* le aveva ispirato il gusto e il bisogno di certe eleganze. Paolo non lo sapeva, lui; non sapeva nemmeno che si fosse indebitata, e le diceva: - Come sei bella così! - Ella godeva di sentirselo dire, era felice per la prima volta di non dover nulla della sua bellezza al suo amante.

La domenica, quand'era bel tempo, andavano a spasso fuori la cinta daziaria, o lungo i bastioni, all'Isola Bella, o all'Isola Botta, in una di quelle isole di terraferma affogate nella polvere. Erano i giorni delle pazze spese; sicché quand'era l'ora di pagare lo scotto, la Principessa si pentiva delle follie fatte nella giornata, si sentiva stringere il cuore, e andava ad appoggiare i gomiti alla finestra che dava sull'orto. Egli veniva a raggiungerla, si metteva accanto a lei, spalla contro spalla, e lì, cogli occhi fissi in quel quadretto di verdura, mentre il sole tramontava dietro l'Arco del Sempione, sentivano una grande e melanconica dolcezza. Quando pioveva avevano altri passatempi: andavano in omnibus da Porta Nuova a Porta Ticinese, e da Porta Ticinese a Porta Vittoria; spendevano trenta soldi e scarrozzavano per due ore come signori. La Principessa arricciava blonde e attaccava fiori di velo su gambi di ottone durante sei giorni, pensando a quella festa della domenica; spesso il giovanotto non desinava il giorno prima o il giorno dopo.

Passarono l'inverno e l'estate in tal modo, giocando all'amore come dei bimbi giocano alla guerra o alla processione. Ella non accordavagli nulla più di codesto, e l'innamorato si sentiva troppo povero per osare di chieder altro. Eppure ella gli voleva *proprio* bene; ma aveva troppo pianto, per via di *quell'altro*, ed ora credeva aver messo giudizio. Non sospettava che *dopo quell'altro*, ora che gli voleva proprio bene, non buttarglisi fra le braccia fosse l'unica prova d'amore che il suo istinto delicato le suggerisse: povera ragazza!

Venne l'ottobre; ei sentiva la grande melanconia dell'autunno, e le avea proposto di andare in campagna, sul lago. Approfittarono di un giorno in cui il babbo di lei era assente per fare una scappata, una scappata grossa che costò cinquanta lire, e andarono a Como per tutto un giorno. Quando furono all'albergo, l'oste domandò se ripartivano col treno della sera; Paolo lungo il viaggio avea domandato alla Principessa come avrebbe fatto se fosse stata costretta a rimaner la notte fuori di casa; ella avea risposto ridendo: - Direi di aver passata la notte al magazzino per un lavoro urgente -. Ora il giovane guardava imbarazzato lei e l'oste, e non osava dir altro. Ella chinò il capo e rispose che partivano il domani; quando furono soli si fece di bracia - così gli si lasciò andare.

Oh, i bei giorni in cui si passeggiava a braccetto sotto gli ippocastani fioriti senza nascondersi, senza vedere le belle vesti di seta che passavano nelle carrozze a quattro cavalli, e i bei cappelli nuovi dei giovanotti che caracollavano col sigaro in bocca! le domeniche in cui si andava a far baldoria con cinque lire! le belle sere in cui stavano un'ora sulla porta, prima di lasciarsi, scambiando venti parole in tutto, tenendosi per mano, mentre i viandanti passavano affrettati! Quando avevano cominciato non credevano che dovessero arrivare a volersi bene sul serio; - ora che ne avevano le prove sentivano altre inquietudini.

Paolo non le avea mai parlato di *quell'altro* di cui avea indovinato l'esistenza fin dalla prima volta che Principessa si era lasciata mettere sotto il suo ombrello; l'avea indovinato a cento nonnulla, a cento particolari insignificanti, a certo modo di fare, al suono di certe parole. Ora ebbe un'insana curiosità. - Ella possedeva in fondo una gran rettitudine di cuore, e gli confessò tutto. Paolo non disse nulla; guardava le cortine di quel gran letto d'albergo su cui delle mani sconosciute avevano lasciato ignobili macchie.

Sapevano che quella festa un giorno o l'altro avrebbe avuto fine; lo sapevano entrambi e non se ne davano pensiero gran fatto, - forse perché avevano ancora dinanzi la gran festa della giovinezza. - Lui anzi si sentì come alleggerito da quella confessione che la ragazza gli avea fatto, quasi lo sdebitasse di ogni scrupolo tutto in una volta, e gli rendesse più agevole il momento di dirle addio. A quel momento ci pensavano spesso tutt'e due, tranquillamente, come cosa inevitabile, con certa rassegnazione anticipata e di cattivo augurio. Ma adesso si amavano ancora e si tenevano abbracciati. - Quando quel giorno arrivò davvero fu tutt'altra storia.

Il povero diavolo avea gran bisogno di scarpe e di quattrini; le sue scarpe s'erano logorate a correr dietro le larve dei suoi sogni d'artista, e della sua ambizione giovanile, - quelle larve funeste che da tutti gli angoli d'Italia vengono in folla ad impallidire e sfumare sotto i cristalli lucenti della Galleria, nelle fredde ore di notte, o in quelle tristi del pomeriggio. Le meschine follie del suo amore costavano care! A venticinque anni, quando non s'è ricchi d'altro che di cuore e di mente, non si ha il diritto di amare, fosse anche una Principessa; non si ha il diritto di distogliere lo sguardo, fosse anche per un sol momento, sotto pena di precipitare nell'abisso, dalla splendida illusione che vi ha affascinato e che può farsi la stella del vostro avvenire; bisogna andare avanti, sempre avanti, cogli occhi intenti in quel faro, avidi, fissi, il cuore chiuso, le orecchie sorde, il piede instancabile e inesorabile, dovesse camminare sul cuore istesso. Paolo fu malato, e nessuno seppe nulla di lui per tre interi giorni, nemmen la Principessa.

Erano incominciati i giorni squallidi e lunghi in cui si va a passeggiare nelle vie polverose fuori le porte, a guardare le mostre dei gioiellieri, e a leggere i giornali appesi agli sportelli delle edicole, i giorni in cui l'acqua che scorre sotto i ponti del Naviglio dà le vertigini, e guardando in alto si vedono sempre le guglie del Duomo che vi affascinano. La sera, quando aspettava in via Silvio Pellico, faceva più freddo del solito, le ore erano più lunghe, e la Principessa non aveva più la solita andatura svelta e leggiadra.

In quel tempo gli capitò addosso una fortuna colossale, qualcosa come quattromila lire all'anno perché andasse a pestare il piano pei caffè e i concerti americani. Accettò colla stessa gioia come se avesse avuto il diritto di scegliere: dopo pensò alla Principessa. La sera, la invitò a cena, in un gabinetto riservato dei Biffi, al pari di un riccone dissoluto. Avea avuto un acconto di cento lire e ne spese buona parte. La povera ragazza spalancava gli occhi a quel festino da Sardanapalo, e dopo il caffè, col capo alquanto peso, appoggiò le spalle al muro, seduta come era sul divano. Era un po' pallida, un po' triste, ma più bella che mai. Paolo le metteva spesso le labbra sul collo, vicino alla nuca; ella lo lasciava fare, e lo guardava con occhi attoniti, quasi avesse il presentimento di una sciagura. Ei sentivasi il cuore stretto in una morsa, e per dirle che le voleva un gran bene le domandava come avrebbero fatto quando non si fossero più visti. La Principessa stava zitta, volgendo il capo dalla parte dell'ombra, cogli occhi chiusi, e non si muoveva per dissimulare certi lagrimoni grossi e lucenti che scorrevano e scorrevano per le guance. Allorché il giovane se ne accorse ne fu sorpreso: era la prima volta che la vedeva piangere. - Cos'hai? - domandava. Ella non rispondeva, o diceva - nulla! - con voce soffocata; - diceva sempre così, ch'era poco espansiva, e aveva superbiette da bambina. - Pensi a quell'altro? - domandò Paolo per la prima volta. - Sì! - accennò ella col capo, - sì - ed era vero. Allora si mise a singhiozzare.

L'altro! voleva dire il passato: voleva dire i bei giorni di sole e d'allegria, la primavera della giovinezza, il suo povero affetto destinato a strascinarsi così, da un Paolo all'altro, senza pianger troppo quand'era gaio; voleva dire il presente che se ne andava, quel giovane che oramai faceva parte del suo cuore e della sua carne, e che sarebbe divenuto un estraneo anche lui, fra un mese, fra un anno o due.

Paolo in quel momento ruminava forse vagamente i medesimi pensieri e non ebbe il coraggio di aprir bocca. Soltanto l'abbracciò stretto stretto e si mise a piangere anche lui. - Avevano cominciato *per ridere.*

- Mi lasci? - balbettò la Principessa. - Chi te l'ha detto? - Nessuno, lo so, lo indovino. Partirai? - Ei chinò il capo. Ella lo fissò ancora un istante cogli occhi pieni di lagrime, poi si voltò in là, e pianse cheta cheta.

Allora, forse perché non avea la testa a casa, o il cuore troppo grosso, ricominciò a vaneggiare, e gli raccontò quel che gli aveva sempre nascosto per timidità o per amor proprio; gli disse com'era andata con *quell'altro*. A casa non erano ricchi, per dir la verità; il babbo aveva un piccolo impiego nell'amministrazione delle ferrovie, e la mamma ricamava; ma da molto tempo la sua vista s'era indebolita, e allora la Principessa era entrata in un magazzino di mode per aiutare alquanto la famiglia.

Colà, un po' le belle vesti che vedeva, un po' le belle parole che le si dicevano, un po' l'esempio, un po' la vanità, un po' la facilità, un po' le sue compagne e un po' quel giovanotto che si trovava sempre sui suoi passi, avevano fatto il resto. Non avea capito di aver fatto il male, che allorquando aveva sentito il bisogno di nasconderlo ai suoi genitori: il babbo era un galantuomo, la mamma una santa donna; sarebbero morti di dolore se avessero potuto sospettare *la cosa*, e non l'aveano mai creduto possibile, giacché avevano esposto la figliuola alla tentazione. La colpa era tutta sua... o piuttosto non era sua; ma di chi era dunque? Certo che non avrebbe voluto conoscere *quell'altro*, ora che conosceva il suo Paolo, e quando Paolo l'avrebbe lasciata non voleva conoscer più nessuno...

Parlava a voce bassa, sonnecchiando, appoggiando il capo sulla spalla di lui.

Allorché uscirono dal Biffi indugiarono alquanto pel cammino, rifacendo tutta la triste *via crucis* dei loro cari e mesti ricordi: la cantonata dove s'erano incontrati, il marciapiedi sul quale s'erano fermati a barattar parole la prima volta. - To'! - dicevano, - è qui! - No è più in là -. Andavano come oziando, intontiti; nel separarsi si dissero - a domani -.

Il giorno dopo Paolo faceva le valige, e la Principessa, inginocchiata dinanzi al vecchio baule sgangherato, l'aiutava ad assestavi le poche robe, i libri, le carte di musica sulle quali ella avea scarabocchiato il suo nome, in quei giorni là. - Quei panni glieli avea visti indosso tante volte! - una cosa copriva l'altra, e stringeva il cuore il vederle scomparire così, una alla volta. Paolo le porgeva ad uno ad uno i panni che andava a prendere dal cassettone o dall'armadio; ella li guardava un momento, li voltava e rivoltava, poi li riponeva per bene, senza che facessero una piega, fra le calze e i fazzoletti; non dicevano molte parole, e mostravano d'aver fretta. La ragazza avea messo da banda un vecchio calendario sul quale Paolo soleva fare delle annotazioni. - Questo me lo lascerai? - gli disse. Ei fece cenno di sì senza voltarsi.

Quando il baule fu pieno rimanevano ancora qua e là, su per le seggiole e il portamantelli, dei panni logori e il vecchio soprabito. - A quella roba penserò domani, - disse Paolo; la ragazza premeva sul coperchio col ginocchio mentre egli affibbiava le corregge; poi andò a raccogliere il velo e l'ombrellino che aveva lasciati sul letto e si mise a sedere sulla sponda tristamente. Le pareti erano nude e tristi; nella camera non rimaneva altro che quella gran cassa, e Paolo il quale andava e venia, frugando nei cassetti, e raccogliendo in un gran fagotto le altre robe.

La sera andarono a spasso l'ultima volta. Ella gli si appoggiava al braccio timidamente, quasi l'amante cominciasse a diventare un estraneo per lei. Entrarono al Fossati, come nei giorni di festa, ma partirono di buon'ora, e non si divertirono molto. Il giovine pensava che tutta quella gente lì ci sarebbe tornata altre volte e avrebbe trovato la Principessa - ella, che non avrebbe più visto Paolo fra tutta quella gente. Solevano bere la birra in un caffeuzzo al Foro Bonaparte; Paolo amava quella gran piazza per la quale avea passeggiato tante volte, nelle sere di estate, colla sua Principessa sotto il braccio.

Da lontano s'udiva la musica del caffè Gnocchi, e si vedevano illuminate le finestre rotonde del Teatro Dal Verme. Di tratto in tratto, lungo la via oscura, formicolavano dei lumi e della gente dinanzi i caffè e le birrerie. Le stelle sembravano tremolare in un azzurro cupo e profondo; qua e là, nel buio dei viali e fra mezzo agli alberi, luccicava una punta di gas, davanti alla quale passavano a due a due delle ombre nere e tacite. Paolo pensava: - Ecco l'ultima sera! -

S'erano messi a sedere lontano dalla folla, nel cantuccio meno illuminato, volgendo le spalle ad una controspalliera di arbusti rachitici piantati in vecchie botti di petrolio; la Principessa strappò due fogliuzze e ne diede una a Paolo - altre volte si sarebbe messa a ridere. - Venne un cieco che strimpellava un intero repertorio sulla chitarra; Paolo gli diede tutti i soldoni che aveva in tasca.

Si rividero un'ultima volta alla stazione, al momento della partenza, nell'ora amara dell'addio affrettato, distratto, senza pudore, senza espansione e senza poesia, fra la ressa, l'indifferenza, il frastuono e la folla della partenza. La Principessa seguiva Paolo come un'ombra, dal registro dei bagagli allo sportellino dei biglietti, facendo tanti passi quanti ne faceva lui, senza aprir bocca, col suo ombrellino sotto il braccio: era bianca come un cencio e null'altro. - Egli al contrario era tutto sossopra e avea un'aria affaccendata. Al momento d'entrare nella sala d'aspetto un impiegato domandò i biglietti; Paolo mostrò il suo; ma la povera ragazza non ne aveva; - colà dunque si strinsero la mano in fretta dinanzi un mondo di gente che spingeva per entrare, e l'impiegato che marcava il biglietto.

Ella era rimasta ritta accanto all'uscio, col suo ombrellino fra le mani, come se aspettasse ancora qualcheduno, guardando qua e là i grandi avvisi incollati alle pareti, e i viaggiatori che andavano dallo sportello dei biglietti alle sale d'aspetto; li accompagnava con quello stesso sguardo imbalordito dentro la sala, e poi tornava a guardare gli altri che giungevano.

Infine, dopo dieci minuti di quell'agonia, suonò la campana, e s'udì il fischio della macchina. La ragazza strinse forte il suo ombrellino, e se ne andò lenta lenta, barcollando un poco; fuori della stazione si mise a sedere su di un banco di pietra.

- Addio! tu che te ne vai, tu con cui il mio cuore ha vissuto! Addio tu che sei andato prima di lui! Addio tu che verrai dopo di lui, e te ne andrai come lui se n'è andato, addio! - Povera ragazza!

E tu, povero grande artista da birreria, va a strascinare la tua catena; va a vestirti meglio e a mangiare tutti i giorni; va ad ubbriacare i tuoi sogni di una volta fra il fumo delle pipe e del *gin*, nei lontani paesi dove nessuno ti conosce e nessuno ti vuol bene; va a dimenticare la Principessa fra le altre principesse di laggiù, quando i danari raccolti alla porta del caffè avranno scacciato la melanconica immagine dell'ultimo addio scambiato là, in quella triste sala d'aspetto. E poi, quando tornerai, non più giovane, né povero, né sciocco, né entusiasta, né visionario come allora, e incontrerai la Principessa, non le parlare del bel tempo passato, di quel riso, di quelle lagrime, ché anche ella si è ingrassata, non si veste più a credenza al Cordusio, e non ti comprenderebbe più. E ciò è ancora più triste - qualchevolta.

LA CODA DEL DIAVOLO

Questo racconto è fatto per le persone che vanno colle mani dietro la schiena contando i sassi, per coloro che cercano il pelo nell'uovo e il motivo per cui tutte le cose umane danno una mano alla ragione e l'altra all'assurdo; per quegli altri cui si rizzerebbe il fiocco di cotone sul berretto da notte quando avessero fatto un brutto sogno, e che lascerebbero trascorrere impunemente gli Idi di Marzo; per gli spiritisti, i giuocatori di lotto, gli innamorati, e i novellieri; per tutti coloro che considerano col microscopio gli uncini coi quali un fatto ne tira un altro, quando mettete la mano nel cestone della vita; per i chimici e gli alchimisti che da 5000 anni passano il loro tempo a cercare il punto preciso dove il sogno finisce e comincia la realtà, e a decomporvi le unità più semplici della verità nelle vostre idee, nei vostri principi, e nei vostri sentimenti, investigando quanta parte del voi nella notte ci sia nel voi desto, e la reciproca azione e reazione, gente sofistica la quale sarebbe capace di dirvi tranquillamente che dormite ancora quando il sole vi sembra allegro, o la pioggia vi sembra uggiosa - o quando credete d'andare a spasso tenendo sotto il braccio la moglie vostra, il che sarebbe peggio. Infine, per le persone che non vi permetterebbero di aprir bocca, fosse per dire una sciocchezza, senza provare qualche cosa, questo racconto potrebbe provare e spiegare molte cose, le quali si lasciano in bianco apposta, perché ciascuno vi trovi quello che vi cerca.

Narro la storia ora che i personaggi di essa sono tutti in salvo dalle indiscrete ricerche dei curiosi; poiché dei tre personaggi - è una storia a tre personaggi, come le storie perfette, e di tutti e tre avete già indovinato l'azione, per poco pratica che abbiate di queste cose - *lui* è al Cairo, o lì presso, a dirigere non so che lavori ferroviari; *lei* è morta, poveretta! e *l'altro* in certo modo è morto anche lui, si è trasformato, ha preso moglie, non si rammenta più di nulla, e non si riconoscerebbe più nemmeno dinanzi ad uno specchio di dieci anni addietro, se non fossero certi calabroni petulanti e ronzanti attorno a sua moglie, che gli mettono lo specchio sotto il naso, e somigliano così a lui quand'era petulante e ronzante anch'esso, da fargli montare la mosca al naso. Insomma, tre personaggi comodissimi che non contano più, che non esistono quasi - potete anche immaginare che non siano mai esistiti.

Lui e *l'altro* erano due buoni e bravi ragazzi, due anime gemelle, amici fin dall'infanzia, Oreste e Pilade dell'Amministrazione ferroviaria. *Lui* era ingegnere, *l'altro* disegnatore; abitavano nella medesima casa, e andavano sempre insieme, ciò che li avea fatti soprannominare i Fratelli Siamesi; si vedevano tutti i giorni all'ufficio dalle nove del mattino alle cinque della sera. Non si seppe spiegare come *lui* avesse potuto conoscere la Lina, farle la corte, e sposarla; - era l'unico torto in trent'anni che Damone avesse fatto al suo Pitia.

Ma alla fin fine non era stato un torto nemmen quello. Pitia-Donati sulle prime avea tenuto il broncio al suo Damone-Corsi, è vero, ma il broncio non era durato una settimana. Lina era tale ragazza che si sarebbe fatta voler bene da un orso, e Donati poi non era un orso; ella sapeva quali gelosie dovesse disarmare, e col suo dolce sorriso e le sue maniere gentili e carezzevoli s'era messa tranquillamente nell'intimità dei due amici come un ramoscello d'ellera, invece di ficcarcisi come un cuneo.

In capo ad alcuni mesi erano tre amici invece di due, ecco tutto il cambiamento. Donati sapeva d'avere anche una sorella oltre il fratello, e Corsi lo sapeva meglio di lui. Di tutto quello che immaginate, e che avvenne difatti, non c'era neppur l'ombra del sospetto nella mente di alcuno dei tre - altrimenti la storia che vi racconto non avrebbe avuto nulla di singolare.

Più singolare ancora è che questo stato di cose sia durato otto anni, e avrebbe potuto durare anche indefinitamente. Da principio nelle manifestazioni dell'amicizia, della gran simpatia che sentivano l'un per l'altro Donati e Lina, c'era stato un leggiero imbarazzo, forse causato dal timore che potessero essere male interpretate; poi l'abitudine, la lealtà dei loro cuori, la purezza istessa di quei sentimenti, li avevano resi più espansivi, più schietti, e più fiduciosi. Donati avea assistito la Lina in una lunga e pericolosa malattia come un vero fratello avrebbe potuto fare, ed ella avea per il quasi fratello di suo marito tutte le cure, tutte le delicate premure di una sorella.

La intimità delle due piccole famiglie era divenuta così cordiale, così sincera, così aperta a due battenti, che gli amici, i conoscenti, il mondo, non la stimavano né troppa, né sospetta. Così rara, ne convengo, com'era rara l'onestà di quelle anime; ma se in una sola di esse ci fosse stato del poco di buono, non avrei bisogno di tirare in campo il Fato degli antichi, o la coda del diavolo dei moderni.

La sera, dopo il desinare, andavano a spasso tutti e tre. Donati dava il braccio alla Lina, e si impettiva allorché leggeva negli occhi dei viandanti "che bella donnina!". La domenica pranzavano insieme, e prendevano un palchetto al Comunale o all'Alfieri. Donati avea la smania delle sorprese; sorprese che si poteano indovinare col calendario alla mano, a Natale, a Pasqua, e il dì dell'onomastico di Lina. Arrivava con un'aria disinvolta che lo tradiva peggio delle sue tasche rigonfie come bisacce, e si fregava le mani vedendo sorridere la Lina. La sera, d'inverno, si raccoglievano nel salotto, presso il tavolino; facevano quattro chiacchiere; sfogliavano delle riviste, dei romanzi nuovi, indovinavano delle sciarade, o Lina suonava il piano. Donati aveva una pazienza ammirabile per sorbirsi il racconto dettagliato di tutti i romanzi che leggeva Lina - era il solo vizio che ella avesse - sapeva indovinare delicatamente l'arte di ascoltare, di farsi punto ammirativo, o punto interrogativo, di agitarsi sulla seggiola, di convertire lo sbadiglio in esclamazione, mentre, povero diavolo, cascava dal sonno, o capiva poco, o, semplice e tranquillo com'era, non s'interessava affatto a tutti i punti ammirativi cui si credeva obbligato dalla situazione.

Spesso, risalendo nelle sue stanze, trovava dei fiori freschi sullo scrittoio, un tappetino nuovo dinanzi al canapè, qualche cosuccia elegante messa in bella mostra sui mobili modesti. Un risolino giocondo che veniva dal fondo dell'anima faceva capolino discretamente su quel viso sereno da galantuomo, e si rifletteva su tutte quelle cosucce silenziose; allora a mo' di ringraziamento, egli picchiava due o tre colpi sul pavimento. Lina si era data un gran da fare per cercargli moglie; ei rispondeva invariabilmente: - Oibò! stiamo benone così. Non mettiamo il diavolo in casa -. Il poveretto era così persuaso d'appartenere a quella famigliuola, era così contento di quella tranquilla esistenza, che avrebbe creduto di metter il fuoco all'appartamento, se avesse fatto un sol passo al di fuori della falsariga sulla quale era uso a camminare, e sulla quale erano regolate tutte le sue azioni, da perfetto impiegato. Ai suoi amici che gli consigliavano di farsi una famiglia, rispondeva: - Ne ho una e mi basta -. E gli amici non ridevano. Lina invece diceva che non bastava; pensava agli anni più maturi, alle infermità, alla vecchiaia del suo amico, come avrebbe potuto farlo una madre.

Qualche volta prima di chiudere la finestra, sentendolo passeggiare tutto solo nella camera soprastante, alzava gli occhi al soffitto e mormorava: - Povero giovane! - L'isolamento di quella vita melanconica, scolorita, monotona, nell'età delle passioni e dei piaceri, dava un certo risalto a quel carattere calmo e modesto, ingigantiva la figura austera di quel solitario, esagerava l'idea del sacrificio, rendeva l'uomo simpatico, si insinuava come una puntura in mezzo alla felicità di lei, così piena, così completa; le faceva pensare, con un sentimento di dolcezza, alla parte di protezione, di affetto fraterno e di conforto che ella poteva esercitarvi.

A voi, cercatori d'uncini!

A Catania la quaresima vien senza carnevale; ma in compenso c'è la festa di Sant'Agata, - gran veglione di cui tutta la città è il teatro - nel quale le signore, ed anche le pedine, hanno il diritto di mascherarsi, sotto il pretesto d'intrigare amici e conoscenti, e d'andar attorno, dove vogliono, come vogliono, con chi vogliono, senza che il marito abbia diritto di metterci la punta del naso. Questo si chiama il *diritto di 'ntuppatedda*, diritto il quale, checché ne dicano i cronisti, dovette esserci lasciato dai Saraceni, a giudicarne dal gran valore che ha per la donna dell'harem. Il costume componesi di un vestito elegante e severo, possibilmente nero, chiuso quasi per intero nel *manto*, il quale poi copre tutta la persona e lascia scoperto soltanto un occhio per vederci e per far perdere la tramontana, o per far dare al diavolo. La sola civetteria che il costume permette è una punta di guanto, una punta di stivalino, una punta di sottana o di fazzoletto ricamato, una punta di qualche cosa da far valere insomma, tanto da lasciare indovinare il rimanente. Dalle quattro alle otto o alle nove di sera la *'ntuppatedda* è padrona di sé (cosa che da noi ha un certo valore), delle strade, dei ritrovi, di voi, se avete la fortuna di esser conosciuto da lei, della vostra borsa e della vostra testa, se ne avete; è padrona di staccarvi dal braccio di un amico, di farvi piantare in asso la moglie o l'amante, di farvi scendere di carrozza, di farvi interrompere gli affari, di prendervi dal caffè, di chiamarvi se siete alla finestra, di menarvi pel naso da un capo all'altro della città, fra il mogio e il fatuo, ma in fondo con cera parlante d'uomo che ha una paura maledetta di sembrar ridicolo; di farvi pestare i piedi dalla folla, di farvi comperare, per amore di quel solo occhio che potete scorgere, sotto pretesto che ne ha il capriccio, tutto ciò che lascereste volentieri dal mercante, di rompervi la testa e le gambe - le *'ntuppatedde* più delicate, più fragili, sono instancabili, - di rendervi geloso, di rendervi innamorato, di rendervi imbecille, e allorché siete rifinito, intontito, balordo, di piantarvi lì, sul marciapiede della via, o alla porta del caffè, con un sorriso stentato di cuor contento che fa pietà, e con un punto interrogativo negli occhi, un punto interrogativo fra il curioso e l'indispettito. Per dir tutta la verità, c'è sempre qualcuno che non è lasciato così, né con quel viso; ma sono pochi gli eletti, mentre voi ve ne restate colla vostra curiosità in corpo, nove volte su dieci, foste anche il marito della donna che vi ha rimorchiato al suo braccio per quattro o cinque ore - il segreto della *'ntuppatedda* è sacro. Singolare usanza in un paese che ha la riputazione di possedere i mariti più suscettibili di cristianità! È vero che è un'usanza che se ne va.

Ora accade che una volta, tre o quattro giorni prima della festa, Lina, burlona com'era, parlando di *'ntuppatedde*, dicesse a Donati:

- Stavolta, sapete, non vi consiglio di farvi vedere per le strade -.

Donati sapeva che Lina non s'era travestita mai da *'ntuppatedda*, e siccome era la sola sua amica da cui potesse aspettarsi una sorpresa, rispose facendo una spallata:

- Poiché me la son passata liscia per otto anni!...

- Liscia o non liscia, a voi! Uomo avvisato uomo salvato -.

Ma Donati non cercava di salvarsi, anzi quel tal pericolo lo attraeva, senza fargli sospettare il detto del Vangelo. Sarebbe stata una festa, una superba occasione di fare alla Lina un bel regaluccio fingendo di non riconoscerla, di prendere il di sopra e intrigarla invece di lasciarsi intrigare, di godersi l'imbarazzo di lei, far lo gnorri, e riderne poi di gusto insieme a lei. Stette tutto il giorno almanaccandoci sopra, mentre all'ufficio tirava linee rette e curve, passandosi la lezione a memoria, studiando le botte e le risposte, facendo provvista di spirito a mente riposata. L'idea di condursi sotto il braccio quella bella donnina, potendo fingere di non conoscerla, di trovarsi solo con lei, in mezzo alla folla, di essere per un'ora il suo solo protettore, uno sconosciuto, un uomo nuovo, avea qualcosa di clandestino che lo faceva ringalluzzire come di una buona fortuna.

Ora ecco la coda del diavolo, quella benedetta coda che si diverte a mettere sossopra tutte le buone intenzioni di cui è lastricato l'inferno, insinuandosi fra le commessure di esse, scoprendo il rovescio dei migliori sentimenti, mettendo in luce l'altro lato delle azioni più oneste, dei fatti che sembrano avere il motivo meno indeterminato.

La notte che precedette il giorno della festa Donati fece un brutto sogno; ma così vivo, così strano, così sorprendente, accompagnato da tale verità di circostanze, che allorché fu sveglio rimase un bel pezzo incerto se fosse stato o no un brutto sogno, e non poté chiudere occhio pel resto della notte. Sognò di trovarsi insieme a Lina, una Lina che parevagli di non aver conosciuto mai, vestita da 'ntuppatedda, coll'occhio nero e luccicante, la voce e le mani tremanti d'emozione, erano seduti ad un tavolino del Caffè di Sicilia, dov'egli non soleva andar mai, stavano immobili, zitti, guardandosi. Ad un tratto ella s'era lasciata scivolare il manto sulle spalle, fissandolo sempre con quegli occhi indiavolati, rossa come non l'aveva mai vista, e afferrandogli il capo per le tempie gli avea avventato in faccia un bacio caldo e febbrile.

Il povero Donati saltò alto un palmo sul letto, si svegliò con un gran batticuore, e stette cinque minuti fregandosi gli occhi, ancora balordo. A poco a poco si calmò, finì col ridere di se stesso, e non ci pensò più.

Il giorno dopo fece l'indiano; finse di non accorgersi di certi sorrisi maliziosi della Lina, dell'aria affaccendata di lei, dell'insolito va e vieni che c'era per casa. Disse che avrebbe passata la sera all'ufficio, per un lavoro straordinario, e andò a piantarsi in sentinella sul marciapiede del Gabinetto di lettura.

Aspetta e aspetta, finalmente, verso le cinque, Lina comparve lesta lesta dai Quattro Cantoni, un po' impacciata nel manto, ma impacciata con grazia; andò difilato dov'egli trovavasi, come se l'avesse saputo, si cacciò in mezzo alla folla, e infilò senz'altro il suo braccino sotto quello di lui. Donati l'avrebbe riconosciuta a questo soltanto. Ella, spiritosa e chiacchierina, badava a stordirlo con un cicaleccio tutto scoppiettio, ad inventargli mille frottole per intrigarlo, ad imbarazzarlo con quel po' d'inglese e di francese che l'era rimasto del collegio, facendosi credere ora una signora forestiera, ora una ragazza che avesse il diritto di cavargli gli occhi, ora una amica che si fosse travestita per salvarlo da un gran pericolo, ora una lontana parente che si fosse rammentata di lui per venirgli a chiedere la strenna di una catenella d'oro. Donati fingeva di cascarci, se la rideva sotto i baffi, se la godeva mezzo mondo, si divertiva ad intrigarla lui, alla sua volta, lasciandole supporre che avesse indovinato dei gran segreti, permettendole di edificare cento storie che non esistevano, sul fantastico addentellato che ella stessa gli avea offerto. Infine, quando la vide più curiosa, quando le sorprese negli occhi il primo baleno di un sentimento nuovo, qualcosa fra la sorpresa e la timidità di trovarsi con tutt'altro uomo, scoppiò a ridere, e con quella sua faceta bonomia le disse: - Cara Lina, quando volete sorprendere il mio segreto, e farvi passare per l'incognita che ha il diritto di cavarmi gli occhi, non dovete mettere quel braccialetto lì, che me li cava davvero, tanto lo conosco! - Lina si mise a ridere anche lei, sollevò un po' il manto, e disse: - Bravo! Ora che avete vinto, giacché siamo davanti al Caffè di Sicilia, offritemi un sorbetto -. Ed entrarono.

Bizzarria del caso! andarono a mettersi proprio a quel medesimo tavolino che Donati avea visto in sogno, l'uno di faccia all'altra, come nel sogno. Lina avea caldo e si faceva vento col fazzoletto; lasciò scivolare il manto sulle spalle, e appoggiò il gomito sul tavolino. Donati la vedeva fare senza aprir bocca.

Da alcuni minuti Donati mostravasi singolarmente imbarazzato; rispondeva sconnesso, a sproposito, e finalmente le parole gli erano morte in bocca. Lina chiacchierava per due, un po' rossa dal caldo, coll'occhio acceso dalla maschera, come nel sogno. Finalmente si avvide del turbamento che Donati non sapeva padroneggiare, e ad una risposta di lui più sbalestrata delle altre, dissegli: - O... cos'avete? -

Ei si fece rosso. Infine, davvero... che aveva? Era una cosa ridicola! Possibile che quel sogno della notte lo avesse imbecillito per tutta la giornata! e si stringeva nelle spalle ridendo ingenuamente di se stesso. - To'! - rispose, - ho che sono un asino. Una sciocchezza! e se ve la nascondessi sarei sciocco due volte: ecco! - e le raccontò il sogno quale s'era riprodotto punto per punto nella realtà, meno una circostanza che tacque, ben inteso, o piuttosto tradusse ad *usum delphini*, dicendole che ella nel sogno gli avesse confessato di amarlo - nientedimeno!

Donati rideva ancora, rideva di tutto cuore riandando per filo e per segno le stramberie della notte, che raccontate diventavano più assurde; rideva dell'impressione singolare che il ripetersi di talune circostanze del sogno avea fatto su di lui. Ella da principio s'era fatta rossa; l'ascoltava in silenzio, col mento sulla mano, senza guardarlo più, senza ridere più. Quando egli ebbe finito, abbozzò un pallido sorriso per non lasciarlo senza risposta - non ne trovò una migliore - e s'alzò. Se ne andarono in fretta, discorrendo a sbalzi, qualche volta cercando le parole.

Donati non era precisamente certo di non aver detto qualche corbelleria; ma sentiva in nube che avrebbe dato una mesata del suo stipendio perché non avesse parlato, ed anzi perché non avesse avuto di che parlare. La festa finì zitta zitta, e senza allegria.

Tutti gli anni, il domani della festa, i tre amici solevano andare a desinare in campagna. Stavolta Lina fu indisposta e non se ne fece nulla. Donati avrebbe voluto a qualunque costo che quel giorno si fosse passato come tutti gli altri anni, perché avea sempre sullo stomaco il sogno e il gran ciarlare che ne avea fatto, e avrebbe voluto metterci sopra una buona pietra, col seguitare a far quello che avevano sempre fatto, e non pensarci più. La sera però la passarono come di consueto, in famiglia. Lina comparve un po' tardi, con un viso di donna che ha l'emicrania, ma calma e serena. Donati le domandò come si sentisse. Ella gli piantò gli occhi in faccia, due occhi che gli fecero l'effetto di due chiodi, e rispose secco secco: - Bene -.

Fu la prima sera passata freddamente. D'allora in poi ce ne furono parecchie di simili. Lina agucchiava, Donati suonava o leggeva, e Corsi s'ingegnava di attaccare uno scampolo di conversazione, alla quale la moglie rispondeva con monosillabi tenendo gli occhi fitti sul lavoro, e Donati con una specie di grugnito senza lasciare il libro, né il sigaro; persino Corsi, allegro per natura ed espansivo, diveniva anch'esso taciturno ed uggito; spirava un'aria di musoneria in casa sua che agghiacciava tutto. Si lasciavano di buon'ora, Lina porgeva appena la mano: qualche volta non compariva che un momento per dare la buona notte.

Il povero Donati non sapeva darsi pace. Si sentiva colpevole, ma la colpa maggiore era stata quella di esagerare il male che aveva fatto, colla sua aria di reo; e chiamava in aiuto tutti i santi, perché gli dessero il coraggio di prendere una buona volta la Lina a quattro occhi e dirle: - Orsù, infine, cos'avete? cosa è stato? cosa ho fatto? - Ma quella domanda semplicissima diveniva la cosa più difficile di questo mondo. Il nuovo contegno di lei, la sua riservatezza, la sua freddezza insolita, la rendevano tutt'altra donna, una donna che gli chiudeva in bocca le perorazioni più eloquenti, e gli legava la lingua e i movimenti.

Una di quelle sere, voltandosi all'improvviso, sorprese gli occhi di Lina, fissi su di lui con tale espressione che gli fece rimescolare il sangue dai piedi alla testa; era uno sguardo che non le avea mai visto, profondo, in cui brillava dell'amarezza, una curiosità insolita, acre e pungente. Lina avvampò in viso e chinò il capo; ei non osò più voltarsi per timore d'incontrare un'altra volta quegli occhi indiavolati.

Finalmente, una volta che Corsi non c'era, gli parve ad un tratto sentirsi invadere dal coraggio che avea tanto invocato. Lina era immersa a capo fitto in quel che stava leggendo, e non fiatava da un gran pezzo; ei si alzò, fece un passo verso di lei, e balbettò:

- Lina! -

Ella si rizzò, spaventata da quella sola parola, pallida come un cencio e tutta tremante. Donati rimase a bocca aperta e non seppe andare innanzi. Rimasero alcuni istanti così. Ella si rimise per la prima; prese il ricamo che aveva accanto, ma le mani le tremavano ancora talmente che l'ago punzecchiava stoffa. Egli si arrovellava dentro di sé d'essere così grullo. - Cosa avete? - disse infine. - Siete in collera con me? Non mi perdonerete mai? -

La donna alzò il capo, sgomenta, e lo guardò come esterrefatta. Chinò la fronte di nuovo e balbettò con voce spenta e mal ferma alcune parole inintelligibili.

A poco a poco Donati diradò le sue visite. Corsi gli si mostrava sempre più freddo. Quando i due antichi amici si trovavano insieme, provavano, senza saper perché, un imbarazzo inesplicabile. La freddezza di entrambi si comunicava e si moltiplicava dall'uno all'altro. Corsi avea tutto indovinato dal nuovo contegno della moglie e dell'amico, oppure Lina gli avea tutto raccontato? L'ultima volta che Donati andò da lei, pel suo onomastico, la trovò che era sola in casa. Lina si fece di bracia e represse a stento un movimento di sorpresa. Donati non sapeva trovare il verso del pelo del suo cappello, né le prime frasi di un discorso che andasse.

Ella stava sul canapè, in gran cerimonia, sì da far venire la voglia al disgraziato visitatore d'andarsene dalla finestra. La visita durò dieci minuti. Mentre scendeva le scale l'ex-Polluce mormorava con voce soffocata nella gola: - È finita! è finita! -

D'allora in poi non ebbe più il coraggio di picchiare a quell'uscio. Veniva a casa mogio mogio, il più tardi che poteva, guardando furtivamente quella finestra rischiarata che gli rammentava le sere gioconde passate accanto al fuoco, col cuore e i piedi caldi, e affrettava il passo sul ripiano della scala. Giammai le sue modeste stanzucce non gli erano sembrate più silenziose, più fredde, e più melanconiche; adesso il povero romito ci stava il meno che potesse. Stando fuori, fece come aveva fatto Corsi, conobbe un'altra Lina.

Venuto il settembre, Corsi avea sloggiato senza nemmen dirgli addio, e non s'erano più visti. Lina era stata inferma, e gravemente: Donati l'aveva saputo molto tempo dopo. Gli avevano detto che la malattia l'avea cambiata di molto; ei ci aveva pensato spesso, avea avuto spesso dinanzi agli occhi quel profilo delicato e pallido, e quegli occhi febbrili, come una trafitta, come un rimorso; ma non avrebbe immaginato mai l'impressione che dovevano fare su di lui quel viso e quell'occhiata furtiva la prima volta che, andando colla sua fidanzata, incontrò Lina. - Ella s'era voltata a guardarlo di nascosto, come si guarda un mostro o un malfattore.

Intanto era trascorso l'anno, ed era sopravvenuta la festa di Sant'Agata. Donati doveva sposare da lì a poco. Egli aspettava in mezzo alla folla una *'ntuppatedda* che quasi gli aveva promesso di farsi vedere un momento quando si sentì afferrare all'improvviso pel braccio. Gettò una rapida occhiata sulla donna mascherata, ma la sua fidanzata era più piccola di statura e non aveva quell'occhio nero così sfavillante. Ei sentì che il cuore dava un tuffo; non seppe cosa dire, e si lasciò rimorchiare dentro il caffè.

La sua compagna cercò un tavolino appartato e sedette di faccia a lui; sembrava stanca e commossa fuor di modo. Ei la considerava ansiosamente. - Lina! - esclamò infine.

- Ah! - diss'ella con un riso che voleva dir tante cose; e appoggiò la fronte incappucciata sulla mano.

Donati balbettava parole senza senso.

- Vi sorprende vedermi qui? - domandò Lina dopo un lungo silenzio.

- Voi?

- Vi sorprende? -

Donati chinò il capo. Ella lasciò scivolare il manto sulle spalle, e mormorò: - Vedete!

- Mio Dio! - esclamò Donati.

- Vi faccio pietà? Oh, almeno! Ma non è colpa vostra, no!... Ho avuto sempre una salute cagionevole. State tranquillo dunque... Non vorrei avvelenare la vostra luna di miele.

- Oh, cosa dite mai!... Se sapeste... se sapeste quanto ho sofferto!...

- Voi?

- Sì!... e quanto mi sono pentito!...

- Ah! vi siete pentito!

- Non so darmi pace!... Non so comprendere io stesso perché... cosa sia avvenuto per...

- Non lo sapete?

- No, per l'anima mia!

- È accaduto... che vi ho amato.

- Voi! voi! -

Ella si fece ancora più pallida; si rizzò in piedi quasi fosse spinta da una molla, e gli disse con voce sorda:

- Perché mi avete raccontato quel sogno dunque? -

X

Quella fatale tendenza verso l'ignoto che c'è nel cuore umano, e si rivela nelle grandi come nelle piccole cose, nella sete di scienza come nella curiosità del bambino, è uno dei principali caratteri dell'amore, direi la principale attrattiva: triste attrattiva, gravida di noie o di lagrime - e di cui la triste scienza inaridisce il cuore anzi tempo. Cotesto amore dunque che ha ispirato tanti capolavori, e che riempie per metà gli ergastoli e gli ospedali, non avrebbe in sé tutte le condizioni di essere, che a patto di servire come mezzo transitorio di fini assai più elevati - o assai più modesti, secondo il punto di vista - e non verrebbe che l'ultimo nella scala dei sentimenti? La ragione della sua caducità starebbe nella sua essenza più intima? e il terribile dissolvente che c'è nella sazietà, o nel matrimonio, dipenderebbe dall'insensato soddisfacimento d'una pericolosa curiosità? La colpa più grave del fanciullo-uomo sarebbe la pazza avidità del desiderio che gli fa frugare colle carezze e coi baci il congegno nascosto del giocattolo-donna, il quale ieri ancora, gli faceva tremare il cuore in petto come foglia?

All'ultimo veglione della Scala, in mezzo a quel turbine d'allegria frenetica, avevo incontrato una donna mascherata, della quale non avevo visto il viso, di cui non conoscevo il nome, che non avrei forse riveduta mai più, e che mi fece battere il cuore quando i suoi sguardi s'incontrarono nei miei, e mi fece passare una notte insonne, col suo sorriso sempre dinanzi agli occhi, e negli orecchi il fruscìo del raso del suo dominò.

Ella appoggiavasi al braccio di un bel giovanotto, era circondata dagli eleganti del Circolo, adulata, corteggiata, portata in trionfo; era svelta, elegante, un po' magrolina, avea due graziose fossette agli òmeri, le braccia delicate, il mento roseo, gli occhi neri e lucenti, il collo eburneo, un po' troppo lungo ed esile, ombreggiato da vaghe sfumature, là dove folleggiavano certi ricciolini ribelli; il suo sorriso era affascinante; vestiva tutta di bianco, con una gala di nastro color di rosa al cappuccio, e faceva strisciare sul tappeto il lembo della veste, come una regina avrebbe fatto col suo manto. Tutto ciò insieme a quel pezzettino di raso nero che le celava il viso, ricamato da tutti i punti interrogativi della curiosità, dove brillavano i suoi occhi, e dietro al quale l'immaginazione avrebbe potuto vedere tutte le bellezze della donna, e porla su tutti i gradini della scala sociale. Ella imponeva l'ingenuità, la grazia, il pudore di una fanciulla da collegio in mezzo ad un crocchio di uomini, fra i quali una signora per bene non sarebbesi avventurata neppure in maschera.

Era seduta colle spalle rivolte alla sala accanto al suo giovanotto, e gli parlava come parlano le donne innamorate, divorandolo cogli occhi, e facendogli indovinare i vaghi rossori che scorrevano sotto la sua maschera, e i sorrisi affascinanti; gli posava la mano sulla spalla, e l'accarezzava col ventaglio; sembrava che si facesse promettere qualche cosa, con una insistenza affettuosa e carezzevole.

Io avrei dato qualunque cosa per essere al posto di quel giovanotto, il quale sembrava mediocremente lusingato di quella preferenza; avrei voluto indovinare tutto ciò che non potevo udire, tutto ciò che si agitava nel cuore di lei; avrei voluto penetrare attraverso la seta di quella maschera; l'incognito di quel viso, di quella persona, e di quel modesto romanzetto sbocciato al gas della Scala aveva mille attrattive per un osservatore. La mia simpatia, o la mia curiosità, avrà dovuto penetrarla come corrente elettrica; perché si volse a guardarmi due o tre volte, con quei suoi occhioni neri; poi si alzò, prese il braccio del suo compagno e si allontanò.

Sembrommi che all'allegria di quella festa fosse succeduta una inesplicabile musoneria, che mi mancasse qualche cosa; la cercavo con un'avida speranza di rivederla, quasi cotesta sconosciuta fosse diggià qualche cosa per me.

Sul tardi ci trovammo di nuovo faccia a faccia accanto alla porta, mentre ella usciva dalla sala ed io vi rientravo. Rimanemmo immobili, guardandoci fissamente a lungo, come due che si conoscono, quasi anch'io, dopo averla guardata tre o quattro volte durante la sera, fossi diventato qualche cosa per lei, il cuore mi batteva e sentivo che doveva battere anche a lei; sembravami che entrambi bevessimo qualche cosa l'uno negli occhi dell'altra; assaporavo il suo sorriso assai prima che le sue labbra si schiudessero: ella mi sorrise infatti - un getto di buonumore e di simpatia che diceva: "So che ti piaccio, e anche tu mi piaci!". La parola più affettuosa, la lingua più dolce del mondo, non avrebbero potuto riprodurre l'eloquenza di quel sorriso; il pensatore più eminente, o l'uomo di mondo più spensierato, non avrebbe potuto analizzare quel sentimento che irrompeva improvviso in un'occhiata, fra due persone che s'incontravano in mezzo alla folla, come due viaggiatori che partono per opposte direzioni s'incontrano in una stazione, l'una accanto ad uomo che amava forse ancora, l'altro che avea visto il braccio di lei sull'òmero di quell'uomo. Due o tre volte ella si rivolse a guardarmi collo stesso sorriso, ed io la seguii, senza sapere io stesso dietro a quale lusinga corressi. La folla me la fece perdere di vista; la cercai inutilmente nel ridotto, pei corridoi, nel caffè, in platea, da Canetta, in quei palchi che potei passare in rassegna, dappertutto.

Avevo la febbre di uno strano desiderio; divoravo cogli occhi tutti i dominò bianchi, tutte le vesti che avessero ondulazioni graziose. A un tratto me la vidi improvvisamente dinanzi, o piuttosto incontrai il suo sguardo che mi cercava. Io dava il braccio ad una donna che rivedevo quella sera dopo lungo tempo. Nello sguardo dell'incognita c'era una muta interrogazione; ella mi sorrise di nuovo; non potei far altro che mandarle un saluto mentre mi passava accanto; ella si voltò vivamente, mi lanciò a bruciapelo uno sguardo ed un sorriso e ripeté: - Addio! - Non dimenticherò mai più quella voce e quell'accento!

Non la vidi più. Rimasi a digerire il mio dispetto e il cicaleccio della mia compagna. Sognai tutta la notte, senza chiudere gli occhi, quel viso che non conoscevo; sentivami in cuore un solco luminoso lasciatovi da quello sguardo; l'impossibilità di rintracciarla dava all'apparizione di quella sconosciuta un prestigio di cosa straordinaria; nel sorriso di lei io poteva immaginare un poema d'amore, che riceveva tutto l'interesse dall'essere troncato sul fiore e per sempre. *Per sempre!* non è parola che scuote maggiormente l'animo umano? Io prolungai quel sogno per tutto il giorno. Sembravami che ci fosse qualche cosa di nuovo in me, e che avessi ricevuto il sacramento di una perdita immensa. Quando la mia immaginazione si stancò di vagare nelle azzurre immensità dell'ignoto, per una reazione naturale del pensiero, io guardai con sorpresa nel mio cuore, e domandai a me stesso, se mi fossi innamorato di quel pezzettino di raso nero che nascondeva un viso sconosciuto.

Lo sguardo di quell'incognita mi aveva messo il cuore in sussulto mentre davo il braccio ad un'altra donna che un tempo avevo amato come un pazzo, e che in quel momento istesso si esponeva al più grave pericolo per me. Io maledivo l'ostinazione di cotesto affetto che mi impediva di correre dietro alla sconosciuta con tutto l'egoismo che c'è in un altro amore.

Per due o tre giorni cercai ansiosamente quell'amante che non conoscevo, e sentivo che il rivederla mi avrebbe tolto qualche cosa di Lei. La rividi in Galleria, la riconobbi a quello sguardo e a quel sorriso che mi dicevano: "Son io, mi ravvisi?". Mi sentivo spinto fatalmente verso di lei, e venti volte fui sul punto di prenderle la mano al cospetto delle persone che l'accompagnavano.

In piazza della Scala si rivolse due o tre volte per vedere se la seguissi. Le vaghe incertezze, le gioie tumultuose, i febbrili desideri dell'amore a vent'anni mi inondarono il cuore in una volta:

l'ondeggiare della sua veste sembravami avesse qualche cosa di carezzevole; il suo paltoncino bianco, e il fazzoletto che pel freddo si teneva sul viso, avevano irradiazioni luminose. Io non saprei ridire l'emozione che provai al pensiero di poterle dare il braccio, o di poter toccare un lembo di quel fazzoletto. Ad un tratto ella attraversò la via, insieme alla sua compagna, e seguìta dalla sua scorta di parenti, camminando sulla punta dei piedi e rialzando il lembo del suo vestito, venne a mettersi al mio fianco. Mi guardò in viso, come se aspettasse qualche cosa da me. Io sentii un dolore acuto, e volsi le spalle.

La rividi ancora parecchie volte, e gli occhi di lei mi domandavano: - Cos'hai? - io non osavo dirle: - Non mi piaci più -. Ella si stancò di sollecitare i miei sguardi, e quando mi incontrò volse altrove il capo. Una sera, sotto il portico della Scala, sentii afferrarmi la mano da una mano tremante che vi lasciò un bigliettino microscopico. Mi rivolsi vivamente: non vidi che visi sconosciuti, e un po' più lungi la mia incognita che si allontanava senza guardarmi; sebbene fosse passata così lontano, sebbene da qualche tempo distogliesse da me lo sguardo con indifferenza, tutte le volte che mi incontrava, il mio pensiero corse a lei senza esitare un momento, nello stesso tempo che per una strana contraddizione tacciavo di follia il mio presentimento.

Una sola parola riempiva tutto il biglietto: *"Seguitemi"*. Chi? dove? perché? Coteste interrogazioni diedero colori di fuoco a quella semplice parola; il mistero che vi era racchiuso si rannodava, con logica irresistibile, a quell'incognita, e le ridava tutta quella vaga e indefinibile attrattiva che il vedermela al fianco, sotto il fanale a gas, avea fatto svanire in un lampo; il dubbio d'ingannarmi mi mise addosso mille impazienze. Ella non sembrava nemmeno accorgersi di me - io la seguii. Quando la porta della sua casa mi si chiuse in faccia rimasi in mezzo alla strada, senza avere la forza di andarmene, coi piedi nella neve, tutte le finestre della via che mi guardavano, e i questurini che venivano a passarmi vicino. Dalle undici alle due del mattino io non ebbi un momento di esitazione o di stanchezza; non dubitai un istante. Udii aprire pian piano la porta, e vidi nell'ombra dell'arcata una forma bianca. Ella tremava come una foglia quando le toccai la mano; sembrava che avesse la febbre; mi disse con voce strozzata dalla commozione: - Che avete? che vi ho fatto? ditemelo - come se ci conoscessimo da dieci anni.

Certe situazioni, certe parole, certe inflessioni di voce hanno significazioni evidenti, irresistibili; la giovinetta che avevo incontrata al veglione, in mezzo ad uomini che portavano in trionfo Cora Pearl, e la quale mi gettava le braccia al collo nel buio di una scala, dava la più luminosa prova di candore coll'espansione della sua simpatia: sentimento strano che non sapevo spiegare, e di cui non osavo chiederle ragione. Nella sua fiducia c'era tanta innocenza che avrei voluto rubarle gli orecchini per insegnarle a diffidare degli uomini. Sentivo fra le mie le sue povere mani tremanti, e le sue parole sommesse sembrava che mi sfiorassero il viso come un bacio. Certi sentimenti inesplicabili hanno un fondamento essenzialmente materiale; tutto l'incanto di quell'ora di paradiso stava nel buio di quella scala. Sembravami che le larve dell'ideale avessero preso corpo e mi stringessero le mani: - Io ti son piaciuta senza che tu mi avessi vista in viso, - ella mi disse. - Ecco perché ti amo - e non mi domandò nemmeno come mi chiamassi.

Ella si fece promettere che sarei tornato a vederla la notte seguente. Ahimè! insensata promessa che rimpiccioliva il desiderio nelle meschine proporzioni di un volgare appuntamento. Noi avremmo dovuto inventare tutti gli ostacoli che mancavano alla nostra felicità, o non rivederci mai più. La notte seguente tornai da lei con un sentimento penoso, come se avessi perduto qualche cosa.

La rividi nel suo salottino, raggiante di bellezza, ed il cuore mi si dilatò di gioia, quasi le prime sensazioni della sciagura fossero piacevoli; contemplavo avidamente quelle leggiadre sembianze che s'imporporavano per me, e in mezzo alla festa del mio cuore sentivo insinuarsi un vago turbamento - il mio ideale svaniva; tutto quello che c'era in quella bellezza veramente incantevole era tolto ai miei sogni; sembravami che il mio pensiero si fosse impoverito trovandosi costretto nei limiti della realtà. - Che hai? - mi disse. - Nulla, - risposi, - c'è troppa luce qui -. Ella, povera ragazza, moderò la fiamma della lucerna. Non si avvedeva del turbamento che c'era in me, e non avea paura della funesta avidità con la quale i miei occhi la divoravano. Parlava sorridente, giuliva, come un uccelletto innamorato canta su di un ramoscello; mi raccontò la sua storia, una di quelle storie che l'angelo custode ascolta sorridendo. Aveva amato il cugino con cui l'avevo vista al veglione, era venuta colla zia da Lecco per lui, e il cugino, in capo a due o tre giorni di esitazione, le avea fatto capire bellamente che non l'amava più. Allora, dopo le prime lagrime, ella avea pensato a quello sconosciuto che al veglione della Scala l'avea guardata in quel modo. - Io ti ho letto negli occhi che ti piacevo, - mi disse, - e ti sorrisi perché ciò mi rendeva tutta lieta; in quel momento avevo un gran dolore in cuore. Se mio cugino avesse seguitato ad amarmi, io non te lo avrei mai detto, ma ti avrei sempre voluto bene come ad un fratello. Ora che mio cugino non vuol saperne più di me... ebbene, anch'io voglio amare chi più mi piace! - Tossiva di quanto in quanto, le guance le si imporporavano, e gli occhi le si facevano umidi. - Non mi dire che mi sposerai, se vuoi lasciarmi come quell'altro... Sono stata tanto malata! - Addio! - le dissi. - Tornerai domani? La zia va dalle mie cugine, non aver paura; tornerai? - Addio -.

Non la vidi più. Sentii che mi sarei trovato umile e basso dinanzi alla fiducia e all'entusiasmo di quell'amore che non dividevo più. E sentivo del pari di aver perduto irremissibilmente un tesoro.

In novembre ricevetti una lettera listata di nero; era lo stesso carattere che aveva scritto *seguitemi*; le mani mi tremavano prima d'aprirla: *Se volete ripetere l'addio che deste ad una mascherina all'ultimo veglione della Scala*, scrivevami, *recatevi al Cimitero fra una settimana, e cercate della croce sulla quale sarà scritto X.*

Quella lettera, per un caso che farebbe credere alla fatalità, s'era smarrita alla posta, e mi pervenne con qualche giorno di ritardo. Io volai a quella casa che non avevo più riveduta; scorgendo le persiane chiuse, il cuore mi si strinse dolorosamente. Corsi al Cimitero, senza osare di credere al presagio funesto di quella lettera; al primo viale che infilai, quasi il destino si fosse incaricato di guidare i miei passi, alla prima terra smossa di fresco, su di una croce di ferro, lessi quel segno che ella avea desiderato sulla tomba, triste geroglifico del suo amore; e lì, coi ginocchi nella polvere, mi parve di guardare in un immenso buio, tutto riempito dalla figura della mia incognita, dal suo sorriso, dal suono della sua voce, delle parole che mi ha dette, dai luoghi dove l'avevo vista. Sentii un gran freddo.

CERTI ARGOMENTI

C'era un aneddoto che dopo più di un anno, faceva ancora le spese della conversazione alla tavola rotonda dell'Albergo di Russia, a Napoli, quando i tre o quattro ospiti che tutti gli anni solevano trovarsi al medesimo posto, dal cominciar del novembre alla fine di maggio, rimanevano faccia a faccia, col sigaro in bocca e i gomiti sulla tovaglia.

A quella medesima tavola s'erano incontrati un tale Assanti, uomo elegante ed uomo di spirito, ed una signora Dal Colle, donna elegante e donna di spirito, un po' civetta, capricciosa e bizzarra, sul conto della quale si raccontavano certe storielle singolari, ben inteso senza provarne una sola, e che veniva ad epoche fisse, come una rondine, da Baden, da Vienna o da Parigi. Tra i due commensali e vicini di tavola si era dichiarata una decisa e poco velata antipatia, non ostante che fossero entrambi persone assai bene educate, e scambiassero alle volte, il meno che potevano, degli atti e delle parole di cortesia. Una sera, dopo il caffè, Assanti, trovandosi nella sala dei fumatori, insieme a tre o quattro amici che parlavano della sua vicina, avea motivato la sua antipatia con un lusso di buon umore che aveva fatto rider tutti. Ad un tratto però si fece silenzio come per incanto, la signora Dal Colle passava nella sala contigua per andare a mettersi al pianoforte, come soleva fare qualche volta. - Ha udito tutto! - Non ha potuto udire! - dicevano sommessamente fra di loro quei signori. Il solo colpevole non se n'era preoccupato gran fatto. Si strinse nelle spalle, e disse ridendo: - Or ora vedremo se ha udito -.

La signora scartabellava dei quaderni di musica, e non voltava nemmeno la testa; Assanti le si avvicinò col più bell'inchino, e le domandò tranquillamente:

- Scusi, ha udito quel che dicevamo a proposito di lei? -

Ella gli piantò in faccia i due grand'occhi ben aperti, due occhi innocenti o traditori, e rispose colla massima disinvoltura:

- Scusi, perché mi fa questa domanda?

- Perché abbiamo scommesso d'indovinare quel che avrebbe suonato stassera -.

La donna sorrise, inchinò il capo, e incominciò a suonare la *Bella Elena*.

- Signori, - disse Assanti voltandosi verso i suoi amici, che rimanevano mogi e ingrulliti, - avete perduto -.

Infatti sembrava impossibile che una donna potesse restare così bene nei gangheri dopo avere udito tutto quel che si era detto nella sala dei fumatori; e, cosa strana, un po' per la novità della cosa, un po' per obbligo di cortesia, Assanti, discorrendo con la Dal Colle di musica e d'altro, avea osservato come più d'una volta cane e gatta si fossero trovati d'accordo, sicché il discorso era andato per le lunghe, e gli amici, ad uno ad uno, se l'erano sgattaiolata. - Non ha udito nulla! - pensava Assanti.

Ad un tratto, quando furono soli, cambiando improvvisamente accento e maniere, la Dal Colle domandò, puntandogli contro quegli occhi indiavolati:

- È contento che gli abbia fatto vincere la scommessa, mio signor nemico? -

Egli s'inchinò e stette coraggiosamente ad aspettar l'assalto.

- Perché ci facciamo la guerra? - riprese ella con un altro tono di voce.

- Perché ella mi faceva paura.

- Oh! oh! eccoci in piena galanteria! Ebbene, mio bel cavaliere, quando mi salterà in capo di vendicarmi ne incaricherò voi stesso. Ma francamente, non sarebbe stato meglio che fossimo andati d'accordo fin da principio?

- Facciamo la pace allora.

- Adesso è troppo tardi.

- Perché?

- Perché, perché... - disse alzandosi, - prima di tutto perché ora vi detesto - e poi perché fra due o tre settimane partirò.

- Vi seguirò.

- Dove?

- Dove andrete!

- Ma non lo so dove andrò; né lo saprete voi. Nemici dunque -.

Assanti la salutò ridendo, ma dovette convenire che la sua graziosa nemica poteva avere tutti i difetti, all'infuori di uno.

Il domani, mentre si vestiva per andare a pranzo, trovò sul tavolino un biglietto scritto da mano sconosciuta.

"Venite al n. 11, a mezzanotte. Non bussate."

Egli si mise a ridere, e disse fra di sé:

- Non v'è dubbio, ha udito tutto; ma il tranello è troppo grossolano per una donna di spirito! che peccato! -

La signora Dal Colle non era venuta a tavola. Assanti sorrise più di una volta sotto i baffi volgendo gli occhi a quel posto vuoto. Dopo desinare andò a teatro, e non ci pensò più.

Finita l'opera, passò una mezz'ora al caffè di Europa, e quando tornò all'albergo il gas era spento. Passando pel corridoio, dinanzi all'uscio di quel famoso numero undici, si rammentò un'altra volta del biglietto che avea in tasca e involontariamente rallentò il passo.

Si mise alla finestra, fumò il suo sigaro, lesse il suo giornale, e poi andò a letto. Il letto era duro ed uggioso insolitamente quella notte; faceva caldo, e Assanti avea un bel voltarsi e rivoltarsi senza poter chiudere occhio.

Quelle due linee sottili che teneva chiuse nel portafogli posto sulla tavola a capo del letto, sgusciavano fuori della busta, s'allungavano serpeggiando in ghirigori per le pareti, gli si attortigliavano alle sbarre del cortinaggio, s'insinuavano sotto l'uscio, e guizzavano pel corridoio oscuro, lasciando sul tappeto una striscia fosforescente.

Spense il lume, lo riaccese, rilesse il bigliettino, stavolta senza ridere, ché l'odore del foglietto profumato gli dava alla testa, spense il lume di nuovo per addormentarsi, e fu peggio di prima; nelle tenebre faceva sogni stravaganti ad occhi aperti; vedeva quell'uscio del numero undici socchiuso, una forma bianca che sporgeva la testa dal vano, e quella donna, per la quale il giorno innanzi non avrebbe mosso un dito, ora che gli era passata pel capo sotto altro aspetto, un solo istante, per ischerzo, assumeva forme e sorrisi affascinanti. Il sangue gli martellava nelle vene. Finalmente si vestì a guisa di sonnambulo, quasi non avesse coscienza di quel che facesse; arrivò a mettere la mano sulla maniglia dell'uscio, e tornò a cacciarsi frettolosamente fra le coltri, vergognoso della ridicola tentazione alla quale avea ceduto con facilità inesplicabile, come se la sua nemica avesse potuto vederlo e dargli la baia. La notte dormì male, e si levò di cattivo umore.

All'ora del pranzo trovò la Dal Colle al suo solito posto, gaia e disinvolta come se nulla fosse stato, e civetta più che mai. Non gli fece l'onore di accorgersi menomamente di lui, e una volta gli lanciò a bruciapelo uno sguardo schernitore che avrebbe fatto montare la mosca al naso ad un uomo meno padrone di sé dell'Assanti. Egli si era fatto il suo piano di rappresaglie e di allusioni pungenti, ma aspettò inutilmente tutta la sera nel salotto dove la Dal Colle soleva far della musica. A poco a poco, a suo dispetto, quel sangue freddo, quella sicurezza, quella disinvoltura, lo dominavano e lo facevano arrabbiare.

Evidentemente costei che l'aveva vinto con la burla più grossolana del mondo era più forte di lui; sapeva che sarebbe bastato un nonnulla, un cattivo scherzo, per insinuarglisi tutta nelle fibre come una spina, impadronirsene, metterlo sossopra, e agitarlo co' suoi menomi capricci.

Dopo che la Dal Colle si era data la soddisfazione di quella piccola vendetta da donna, sembrava non pensasse più ad Assanti, e si lasciava fare la corte da un certo barone Ciriani, il quale passava per un don Giovanni, inclusa la bravura e la fortuna di duellista; ora ad Assanti sembrava che la Dal Colle in quel lasciarsi corteggiare, così sotto i suoi occhi, ci mettesse dell'ostentazione, e questo lo seccava assai.

La furba sapeva al certo che si può fare a fidanza, toccando certi tasti, colla semplicità mascolina, s'avesse a fare coll'uomo più avveduto di questo mondo. Era bastata la lusinga più lontana, più sciocca, più inverosimile, perché Assanti si montasse la testa a poco a poco, sino a credere che i successi ottenuti dal Ciriani fossero rubati a lui, e che la civetteria di lei fosse un torto che gli si faceva. Il brillante giovanotto era ridotto alla più grulla figura possibile; cominciava ad accorgersene anche lui, ciò aumentava la sua stizza, e un dispetto ne chiamava un altro, sino a fargli perdere la tramontana; sicché alla sua volta intraprese contro il Ciriani un sistema di ostilità così poco velate, e di provocazione così diretta, che non ci volle meno di tutta l'abilità della donna per scongiurare il pericolo di un serio guaio.

Finalmente ella parve stanca della lotta che dovea sostenere con Assanti quotidianamente, e prendendolo una sera a quattr'occhi nel vano della finestra, dissegli:

- Orsù, mio bel nemico, a che giuoco giuochiamo? Con qual diritto ad ogni momento vi gettate a testa bassa fra me e il Ciriani?

- Con qual diritto mi fate questa domanda? - ribatté Assanti.

- Parliamoci chiaro. Voi mi eravate debitore di una piccola soddisfazione di amor proprio, ed io ho ottenuto il mio intento col mezzo più semplice. Non vi ho fatto il torto di pensare che avreste preso sul serio il mio biglietto, ho reso sempre giustizia al vostro spirito, e del resto nemmeno un ragazzo di scuola ci sarebbe cascato; ma eccovi lì, fra vergognoso, bizzoso, e incapricciato, e questo deve bastarmi. Ora siamo pari; lasciatemi tranquilla, caro mio; Ciriani non c'entra.

- Ce lo tireremo pei capelli!

- Impresa arrischiata! Sapete che come duellista ha una brutta riputazione.

- Ebbene, - esclamò Assanti un po' rosso in viso, - se mi gettassi attraverso cotesta riputazione, mi perdonereste?

- La storia del biglietto? Per chi mi prendete, caro signore, cercando di scambiarmi le carte in mano?

- Non ridete così, in fede mia! Son qui, dinanzi a voi, ridotto ad arrossire di quel che ho fatto e detto contro di voi; mi sento ridicolo, deve bastarvi.

- Ridicolo, perché?

- Perché vi amo.

- Da quando in qua?

- Dacché mi ci avete fatto pensare.

- Dacché siete indispettito contro di me allora?

- Non so se sia amore o dispetto, so che così non può durare, che voi m'avete stregato, e che finirete per farmi impazzire.

- Oibò! -

Assanti rimase zitto un istante, di faccia al sorriso mordente della Dal Colle; poi riprese, cambiando tono e maniere, e facendosi improvvisamente serio. - Orsù, bisogna fare qualche cosa perché prestiate fede a quel che vi dico. Bisogna provocare Ciriani e rendermi ridicolo completamente.

- Guardatevene bene! - diss'ella senza ridere più. - Detesto gli scandali, e non mi vedreste mai più, né voi, né lui! -

La signora Dal Colle faceva i preparativi per la partenza; Assanti venne a saperlo il giorno dopo.

- Partite? - le disse.

- Sì: fuggo. Siete soddisfatto? Facciamo la pace prima di lasciarci.

- No, facciamo di meglio: ditemi dove andrete. Noi siamo qualcosa più di due semplici conoscenze, siamo due nemici; siamo liberi entrambi e padroni di noi; entrambi scorrazziamo pel mondo onde fuggire la noia. C'incontreremo in tutte le stazioni, ci faremo dei dispetti, ci faremo la guerra, ci odieremo, e così non avremo il tempo di annoiarci.

- No, no! E il pericolo d'innamorarsi lo contate per nulla?

- Anche voi?

- Sì, mi par di sì, dopo quello che mi avete detto ieri sera.

- Ebbene! alla peggio!...

- Non la prendete così; parlo sul serio, e sapete che sono franca.

- In tal caso franchezza per franchezza... Chiudete gli occhi e lasciate fare al pericolo.

- Ci penserò.

- ...Ci ho pensato, - gli disse il giorno dopo, poche ore prima di partire all'insaputa di lui. - No, sarebbe peggio di una disgrazia, sarebbe una sciocchezza. È un gran brutto affare, due amanti che un giorno o l'altro possano ridersi sul naso! e questo giorno arriverebbe, a meno di un miracolo... poiché bisognerebbe proprio un miracolo! qualcosa di grosso! un atto di eroismo, una grande azione o una grande follia, per scongiurare cotesto pericolo... e come io non farò mai nulla di tutto questo, né voi lo farete, né voglio che lo facciate, così... nemici!

- Chi vi dice che non lo farò?

- Davvero?... Mi par di essere in piena cavalleria!... Ebbene, allora!... Intanto a rivederci -.

Il giorno dopo non si vide né alla tavola rotonda, né altrove. Assanti seppe che era partita, e che anche il Ciriani era partito.

Quella notizia gli fece ardere il sangue nelle vene come se l'avessero schiaffeggiato. Ogni minima parola, ogni sorriso, ogni inflessione di voce di lei, nell'ultimo colloquio che avevano avuto, gli tornava alla mente, con acute punture di dispetto, di gelosia, ed anche d'amore. Dal momento che era fuggita con un altro, quella donna eragli divenuta diabolicamente necessaria, per tutto quello che non era stato, per tutto quello che s'era detto fra di loro. Allora cotesto eroe da salone, per puntiglio o per vanità, si sentì capace di quelle virtù eroiche da palcoscenico, delle quali ella si era promessa in premio.

Avrebbe voluto acciuffarsi con dieci Ciriani; avrebbe voluto traversare un villaggio in fiamme sulla punta dei suoi stivalini verniciati, recandosi lei sulle braccia; avrebbe voluto saltare un precipizio di mezza lega per salvarla, senza fare uno strappo ai suoi pantaloni di Lennon. Si sentiva invaso da una specie di febbre. Partì sulle tracce di lei; gettò il denaro a due mani; viaggiò notte e giorno, in ferrovia, in carrozza e a cavallo, con un tempaccio da lupi, in mezzo alle selvagge solitudini per le quali correva la linea di Foggia, allora incompleta, col pericolo di cadere di momento in momento nelle mani dei briganti che scorrazzavano per quelle parti.

Finalmente ebbe le prime notizie della Dal Colle ad Ariano; ella viaggiava in carrozza, seguita dai suoi domestici, senza l'ombra di un Ciriani. Prima di annottare, una o due poste prima di Bovino, l'oste ed il conduttore cercarono di dissuaderlo di andare innanzi, perché la campagna era infestata dai briganti. Fu come se gli avessero messo il diavolo addosso. Lei era in pericolo: non pensava ad altro. La notte istessa, poco dopo Bovino, raggiunse le due carrozze colle quali ella viaggiava, ferme dinanzi ad un povero casolare che era la posta dei cavalli. Il lanternino appeso all'uscio era stato fracassato da mano invisibile; la porta era spalancata, e la stalla vuota.

I postiglioni avevano chiamato e strepitato senza che comparisse alcuno. Assanti da lontano gridava di non andare avanti: uno dei postiglioni temendo d'essere inseguito dai briganti gli sparò addosso una pistolettata senza colpirlo.

- Fermatevi, - ripeté Assanti. - Fermatevi, in nome di Dio! o siete perduti -.

Allo sportello di una delle due carrozze si vide dietro il cristallo, al riflesso incerto dei fanali, il viso un po' pallido della Dal Colle. Ella riconobbe Assanti in mezzo a quella scena di confusione e di spavento, e gridò al cocchiere con accento febbrile:

- Avanti! avanti! duecento lire di mancia!

- Avanti ci sono i briganti! - gridò il giovane quasi fuori di sé.

In quell'istante, senza che si vedesse anima viva, si udì una voce che sembrava venire da una rupe che sovrastava il lato sinistro della via.

- Fermi tutti!... o per la Madonna! siete morti! -

Il cocchiere applicò una vigorosa frustata ai cavalli che puntarono zampe ed inarcarono le schiene per slanciarsi al galoppo; ma prima che avessero fatto un sol passo si udì un colpo di fucile ed il cavallo di sinistra cadde imbrogliandosi nei finimenti; il cocchiere si buttò da cassetta e sparì nelle tenebre; la seconda carrozza, quella in cui erano i domestici della Dal Colle, voltò indietro, e fuggì a rotta di collo. Tutto ciò era avvenuto in meno che non ci vuole per dirlo. Assanti si slanciò allo sportello della vettura, afferrò la donna per la vita come una bambina, la spinse nella stalla e ne chiuse la porta alla meglio, ammucchiandovi contro tutto quel che poté trovare. Al primo trambusto di quella scena era succeduto un silenzio profondo e misterioso; gli assalitori, prima di scendere nella strada, volevano al certo misurare la resistenza che avrebbero incontrata.

La Dal Colle, ritta in un angolo, non diceva una sola parola, e Assanti, rivolto verso l'uscio, colla cabina a due colpi in pugno, aspettava. Come si furono abituati all'oscurità, scorsero, alla fioca luce dei fanali della carrozza che trapelava dalle commessure mal connesse dell'uscio, una scala a piuoli, la quale dal fondo della stalla metteva per una botola al fienile soprastante. Sulla strada si cominciava ad udire un tramestio attorno alla carrozza, rimasta dinanzi al casolare. Assanti fece salire la sua compagna al piano di sopra, e quando fu salito anche lui, tirò su la scala. Al difuori durava ancora il silenzio, e di quando in quando il cavallo rimasto in piedi, scuoteva la sonagliera.

- Voi mi scaricherete la vostra carabina alla testa se dovessi cader viva nelle mani di coloro! - furono le prime parole che la donna gli rivolse con voce breve e febbrile.

- Sì! - rispose Assanti collo stesso tono.

Egli era corso alla finestra; non si vedeva nessuno; la carrozza era sempre ferma dinanzi all'uscio, descrivendo un breve cerchio di luce coi suoi due fanali; il cavallo fiutava con curiosità il compagno caduto. Ad un tratto si udì un secondo colpo di fucile, e dall'architrave della finestra, a due dita dal capo di Assanti, caddero dei calcinacci. La Dal Colle lo tirò indietro bruscamente. Allora per la prima volta i loro sguardi s'incontrarono. Ella era pallida come uno spettro, ma i suoi occhi erano sfavillanti.

All'improvviso la porta della stalla fu scossa da un urto che rimbombò come se l'avesse sconquassata. Assanti corse alla finestra e fece fuoco; si udì un grido, seguito da una scarica generale diretta contro di lui. Assanti si chinò sulla botola, mirò alla porta della stalla e fece fuoco una seconda volta. I briganti, a quei colpi di carabina che venivano dall'alto e dal basso, credettero di avere a fare con parecchi, decisi di vender cara la loro vita, e ricorsero ad un altro mezzo di attacco più sicuro e meno pericoloso. La fucilata cessò come per incanto.

Si udirono al di fuori rumori diversi, che da principio i due assediati non sapevano spiegarsi: un via vai, un risuonare di sonagliuoli dei cavalli, un muovere di ruote; poi rimbombò un secondo e forte urto alla porta della stalla, come se la carrozza vi fosse stata spinta contro a guisa d'ariete. Assanti trasalì per l'imminenza di un nuovo e sconosciuto pericolo; il cuore gli batteva forte. - Chi ci avrebbe detto che il miracolo di cui vi parlavo sarebbe stato così vicino! - disse la Dal Colle con uno strano sorriso. Ei le afferrò la mano ed ella non la ritirò.

In quel momento un riflesso rossastro si disegnò come una apparizione infernale di faccia alla porta, sulla parete nera della stalla. Il giovane, dimentico del pericolo passato per quello più grande che li minacciava, corse alla finestra, e la spalancò; le fiamme che bruciavano la carrozza e l'uscio della stalla illuminarono vivamente il fienile. - Cosa fanno adesso? - domandò la donna stringendosi a lui con mano tremante. - Bruciano la casa! - rispose Assanti con voce sorda. - Voi mi avete promesso che morremo insieme! - diss'ella dopo un minuto di silenzio.

Presso la finestra le travi del solaio cominciavano a scoppiettare, e le fiamme mostravano attraverso le assi le loro lingue azzurrognole che lambivano le pareti; il fumo annebbiava la stanzuccia e li soffocava. La donna guardava Assanti con occhi singolari.

- Vi siete perduto per me! - mormorò finalmente, con un accento di cui egli non avrebbe supposto capace quella donna leggiera.

- Vi amo! - egli rispose.

Allora in mezzo al fumo che li accecava, dinanzi alle fiamme che allungavano verso di loro lingue sitibonde, sotto una pioggia di faville infuocate, fra gli urli dei banditi che danzavano e sghignazzavano attorno a quell'orribile rogo, ella gli avvinse le braccia al collo, e posò la guancia sulla guancia di lui.

Tutt'a un tratto si udì sulla strada un gran tumulto, colpi di fuoco, urli di dolore, grida di collera. I carabinieri di Bovino avevano incontrato la carrozza colla quale erano scappati i domestici della Dal Colle, ed erano accorsi in fretta. Un brigadiere si precipitò fra le fiamme, e strappò i due amanti da quell'amplesso di morte.

Albeggiava appena. Assanti e la Dal Colle furono accompagnati a Bovino. Ella era pallidissima. Quando furono soli nella miglior stanza dell'albergo, gli stese la mano.

- Ora separiamoci.

- Come, separarci!...

- Abbiamo passato un bel momento, abbiamo realizzato il miracolo che sembrava impossibile alla tavola rotonda dell'Albergo di Russia. Non lo guastiamo! Siamo stati degli eroi, e siccome non potremmo aver sempre sottomano dei briganti per esaltarci, finiremo per trovarci ridicoli. Lasciamoci eroi dunque.

- Che donna siete mai?

- Mi dicono che sono una matta: ma mi accorgo che una matta è sempre più ragionevole dell'uomo più savio. Vediamo, amico mio, discorriamola ora che la stanchezza fa dar giù la febbre. In due settimane voi passate dall'antipatia all'entusiasmo; vi gettate a corpo perduto su di me, e mi fate il sacrificio della vostra vita, senza sapere se io ne sia degna. - È ragionevole cotesto? Avete fatto per me una bella azione, qualcosa che può toccare il cuore o la testa di una donna, e far mettere il cappuccio alle sue follie... non c'è che dire; ma siete certo che non abbiate fatto il sacrificio pel sacrificio? perché vi eravate montata la testa? più per voi che per me insomma? Siete persuaso che l'abbiate fatto schiettamente e semplicemente per amor mio?

- Qual altra prova ne vorreste?

- Una prova semplicissima: voi dite che mi amate?

- Sì.

- Non mi conoscete, non sapete chi sia, né da dove venga; non sapete se sia degna di voi, e se potrei amarvi come vorreste essere amato!...

- So che vi amo!

- Su dieci uomini, e dei più savi, nove risponderebbero come voi. E se vi amassi, sareste felice?

- Sì.

- E questa felicità vi basterebbe? Quanto vorreste che durasse?

- Sempre.

- Perché non mi sposate allora?

- ...Ci penserò -.

LE STORIE DEL CASTELLO DI TREZZA

I.

La signora Matilde era seduta sul parapetto smantellato, colle spalle appoggiate all'edera della torre, spingendo lo sguardo pensoso nell'abisso nero e impenetrabile; suo marito, col sigaro in bocca, le mani nelle tasche, lo sguardo vagabondo dietro le azzurrine spirali del fumo, ascoltava con aria annoiata; Luciano, in piedi accanto alla signora, sembrava cercasse leggere quali pensieri si riflettessero in quegli occhi impenetrabili come l'abisso che contemplavano. Gli altri della brigata erano sparsi qua e là per la spianata ingombra di sassi e di rovi, ciarlando, ridendo, motteggiando; il mare andavasi facendo di un azzurro livido, increspato lievemente, e seminato di fiocchi di spuma. Il sole tramontava dietro un mucchio di nuvole fantastiche, e l'ombra del castello si allungava melanconica e gigantesca sugli scogli.

- Era qui? - domandò ad un tratto la signora Matilde, levando bruscamente il capo.

- Proprio qui -.

Ella volse attorno uno sguardo lungo e pensieroso. Poscia domandò con uno scoppio di risa vive, motteggiatrici:

Come lo sa?

- Ricostruisca coll'immaginazione le vòlte di queste arcate, alte, oscure, in cui luccicano gli avanzi delle dorature, quel camino immenso, affumicato, sormontato da quello stemma geloso che non si macchiava senza pagare col sangue; quell'alcova profonda come un antro, tappezzata a foschi colori, colla spada appesa al capezzale di quel signore che non l'ha tirata mai invano dal fodero, il quale dorme sul chi vive, coll'orecchio teso, come un brigante - che ha il suo onore al di sopra del suo Dio, e la sua donna al disotto del suo cavallo di battaglia: - cotesta donna, debole, timida, sola, tremante al fiero cipiglio del suo signore e padrone, ripudiata dalla sua famiglia il giorno che le fu affidato l'onore ombroso e implacabile di un altro nome; - dietro quell'alcova, separato soltanto da una sottile parete, sotto un'asse traditrice, quel trabocchetto che oggi mostra senza ipocrisia la sua gola spalancata - il carnaio di quel mastino bruno, membruto, baffuto, che russa fra la sua donna e la sua spada; - il lume della lampada notturna che guizza sulle immense pareti, e vi disegna fantasmi e paure; il vento che urla come uno spirito maligno nella gola del camino, e scuote rabbiosamente le imposte tarlate; e di tanto in tanto, dietro quella parete, dalla profondità di quel trabocchetto attorno a cui il mare muggisce un gemito soffocato dall'abisso, delirante di spasimo, un gemito che fa drizzare la donna sul guanciale, coi capelli irti di terrore, molli del sudore di un'angoscia più terribile di quella dell'uomo che agonizza nel fondo del trabocchetto, e, fuori di sé, le fa volgere uno sguardo smarrito, quasi pazzo, su quel marito che non ode e russa -.

La signora Matilde ascoltava in silenzio, cogli occhi fissi, intenti, luccicanti. Non disse - È vero! - ma chinò il capo. Il marito si strinse nelle spalle e si alzò per andarsene. Le ombre sorgevano da tutte le profondità delle rovine e del precipizio.

- Se tutto ciò è vero, - ella disse con voce breve; - s'è accaduto così come ella dice, essi debbono essersi appoggiati qui, a questi avanzi di davanzale, a guardare il mare, come noi adesso... - ed ella vi posò la mano febbrile - qui -.

Ei chinò lo sguardo sulla mano, poi guardò il mare, poi la mano di nuovo. Ella non si muoveva, non diceva motto, guardava lontano. - Andiamo, - disse a un tratto, - la leggenda è interessante, ma mio marito a quest'ora deve preferire la campana del desinare. Andiamo -.

Il giovane le offrì il braccio, ed ella vi si appoggiò, rialzando i lembi del vestito, saltando leggermente fra i sassi e le rovine. Passando presso uno stipite sbocconcellato, osservò che c'erano ancora attaccati gli avanzi degli stucchi.

- Se potessero raccontare anche questi! - disse ridendo.

- Direbbero che allo stesso posto dove s'è posata la sua mano, ci si è aggrappata la mano convulsa della baronessa, la quale tendeva l'orecchio, ansiosa, verso quell'andito dove non si udiva più il rumore dei passi di lui, né una voce, né un gemito, ma risuonavano invece gli sproni sanguinosi del barone -.

La signora si tirò indietro vivamente, come se avesse toccato del fuoco; poi vi posò di nuovo la mano, risoluta, nervosa, increspata; sembrava avida d'emozione; avea sulle labbra uno strano sorriso, le guance accese e gli occhi brillanti.

- Vede! - disse. - Non si ode più nulla!

- Alla buon'ora! - esclamò il signor Giordano; - dunque possiamo andare -.

La moglie gli rivolse uno sguardo distratto, e soggiunse:

- Scusami, sai! -

Il raggio di sole prima di tramontare si insinuò per un crepaccio a fior d'acqua, e illuminò improvvisamente il fondo di quella specie di pozzo ch'era stato il trabocchetto, le punte aguzze delle nere pareti, i ciottoli bianchi che spiccavano sul muschio e l'umidità del fondo, e i licheni rachitici che l'autunno imporporava. Il sorriso era sparito dal viso della signora spensierata, e volgendosi al marito, timida, carezzevole, imbarazzata:

- Vieni? - gli disse.

- Bada, - rispose il signor Giordano col suo ironico sorriso; - ci vedrai le ossa di quel bel cavaliere, e farai brutti sogni stanotte -.

Ella non rispose, non si mosse, stava chinata sulla buca; appoggiandosi ai sassi che la circondavano; infine, con voce sorda:

- In fatti... c'è qualcosa di bianco, laggiù in fondo... -

E senza attendere risposta:

- Se quest'uomo è caduto qui, ha dovuto afferrarsi per istinto a quella punta di scoglio... vedete? si direbbe che c'è ancora del sangue -.

Suo marito vi buttò il sigaro spento, e volse le spalle; ella rabbrividì, come se avesse visto profanare una tomba, si fece rossa, e si rizzò per andarsene. Era una graziosa bruna, palliduccia, delicata, nervosa, con grandi e begli occhi neri e profondi; il piede le sdrucciolò un istante sul sasso mal fermo, vacillò, e dovette afferrarsi alla mano di Luciano.

- Grazie! - gli disse con un sorriso intraducibile. - Si direbbe che l'abisso mi chiama -.

II.

Il pranzo era stato eccellente; non per nulla il signor Giordano preferiva la campana del desinare alle leggende del Castello. Verso le undici alla villa si pestava sul piano, si saltava nel salotto e si giuocava a carte nelle altre stanze. La signora Matilde era andata a prendere una boccata d'aria in giardino, e s'era dimenticata di una polca che aveva promessa al signor Luciano, il quale la cercava da mezz'ora.

- Alfine! - le disse scorgendola. - E la nostra polca?

- Ci tiene proprio?

- Molto.

- Se la lasciassimo lì?

- Povera polca!

- Francamente, sa... Ella racconta così bene certe storie, che non l'avrei creduto un ballerino cotanto arrabbiato...

- Ci crede dunque alle storie?

- Ma... secondo il quarto d'ora -.

Il silenzio era profondo; il vento cacciava le nuvole rapidamente, e di tanto in tanto faceva stormire gli alberi del giardino; il cielo era inargentato a strappi; le ombre sembravano inseguirsi sulla terra illuminata dalla luna, e il mormorio del mare e quel sussurrio delle foglie, sommesso, ad intervalli, a quell'ora aveano un non so che di misterioso. La signora Matilde volse gli occhi qua e là, in aria distratta, e li posò sulla mole nera e gigantesca del castello che disegnavasi con profili fantastici su quel fondo cangiante ad ogni momento. La luce e le ombre si alternavano rapidamente sulle rovine, e un arbusto che avea messo radici sul più alto rivellino, agitavasi di tanto in tanto, come un grottesco fantasma che s'inchinasse verso l'abisso.

- Vede? - diss'ella con quel sorriso incerto e colla voce mal ferma. - C'è qualche cosa che vive e si agita lassù!

- Gli spettri della leggenda.

- Chissà!

- Cotesto è il quarto d'ora delle storie...

- Oppure...

- Oppure cosa?

- Chissà... Cosa fa mio marito?

- Giuoca a tresette.

- E la signora Olani?

- Sta a guardare.

- Ah!...

- Mi racconti la sua storia... - riprese da lì a poco, con singolare vivacità - se non le rincresce per la sua polca -.

La storia che Luciano raccontò era strana davvero!

La seconda moglie del barone d'Arvelo era una Monforte, nobile come il re e povera come Giobbe, forte come un uomo d'arme e tagliata in modo da rispondere per le rime alla galanteria un po' manesca di don Garzia, e da promettergli una nidiata di d'Arvelo, numerosi come le uova che avrebbe potuto covare la chioccia più massaia di Trezza. Prima delle nozze, le avevano detto degli spiriti che si sentivano nel Castello, e che la notte era un gran tramestìo pei corridoi e per le sale, e si trovavano usci aperti e finestre spalancate, senza sapere come né da chi - usci e finestre ch'erano stati ben chiusi il giorno innanzi - che si udivano gemiti dell'altro mondo, e scrosci di risa da far venire le pelle d'oca al più ardito scampaforche che avesse tenuto alabarda e vestito arnese. Donna Isabella avea risposto che, fra lei e un marito come, al vedere, prometteva esserlo don Garzia, ella non avrebbe avuto paura di tutte le streghe di Spagna e di Sicilia, né di tutti i diavoli dell'inferno. Ed era donna da tener parola.

La prima volta che si svegliò nel letto dove avea dormito l'ultima notte la povera donna Violante, mentre Grazia, la cameriera della prima moglie del barone, le recava il cioccolatte e apriva le finestre, ancora mezzo addormentata, domandò svogliatamente:

- E così, come va che gli spiriti non hanno ballato il trescone di benvenuto alla nuova castellana?

- Non s'è sentito stanotte?... - rispose la povera Grazia, che anche a parlare ne avea una gran paura.

- Sì, ho udito il russare di don Garzia; e ti so dire che russa come dieci guardie vallone.

- Vuol dire che il cappellano ha benedetto la camera meglio delle altre volte.

- Ah! sarà così, oppure che faccio paura al diavolo e agli spiriti.

- O che sarà per domani.

- Eh! hanno dunque il loro cerimoniale, messeri gli spiriti, come nostro signore il re? Racconta dunque!

- Io non so nulla, madonna.

- Chi sa dunque questa storia?

- Mamma Lucia, Brigida, Maso il cuoco, Anselmo ed il Rosso, i due valletti di messere il barone, e messer Bruno, il capocaccia.

- E cosa hanno visto costoro?

- Nulla.

- Nulla! Cosa hanno udito dunque?

- Hanno udito ogni sorta di cose, che Dio ce ne liberi!

- E da quando si sono udite di queste cose che Dio ce ne liberi?

- Dacché è morta la povera donna Violante, la prima moglie di messere.

- Qui?

- Proprio qui, in questo lato del castello; ma dalla cima dei merli sino in fondo alle cucine, di cui le finestre danno sulla corte -.

La baronessa si mise a ridere, e la sera narrò al marito quel che le era stato detto. Don Garzia, invece di riderne anch'esso, montò in una tal collera che mai la maggiore, e incominciò a bestemmiar Dio e i santi come donna Isabella non avea visto né udito fare dagli staffieri più staffieri che fossero a casa de' suoi fratelli, e a minacciare che se avesse saputo chi si permetteva di spargere cotali fandonie, l'avrebbe fatto saltare dal più alto rivellino del castello. La baronessa fu estremamente sorpresa che quel pezzo di uomo, il quale non doveva aver paura nemmen del diavolo, avesse dato tanto peso a delle sciocche storielle, e in cuor suo ne fu contenta, ché si sentiva più degna del marito di portare i calzoni, e di far la castellana come andava fatto.

- Dormite in santa pace, madonna, - le disse don Garzia, - ché qui, nel castello e fuori, pel giro di dieci leghe, sin dove arriva il mio buon diritto e la mia buona spada, non c'è a temere altro che la mia collera -.

Però la baronessa, sia che le parole del marito l'avessero colpita, sia che delle sciocchezze udite le fosse rimasta qualcosa in mente, si svegliò di soprassalto verso la mezzanotte, credendo d'avere udito, o d'aver sognato, un rumore indistinto, non molto lontano, proprio dietro la parete dell'alcova. Stette in ascolto con un po' di batticuore; ma non s'udiva più nulla, la lampada notturna ardeva ancora, e il barone russava della meglio. Ella non ardì svegliarlo, ma non poté ripigliar sonno. Il giorno dopo la sua donna la trovò pallida e accigliata, e mentre la pettinava dinanzi allo specchio, la baronessa, coi piedi sugli alari e bene avvolta nella sua veste da camera di broccato, le domandò, dopo avere esitato alquanto:

- Orsù, dimmi tutto quel che sai degli spiriti del castello.

- Io non so altro che quel che ne ho udito raccontare dal Rosso e da Brigida. Volete che vi chiami Brigida?

- No! - rispose con vivacità donna Isabella. - Anzi non dire ad anima viva che io te n'abbia parlato... Raccontami quel che t'hanno detto Brigida e il Rosso.

- Brigida, quando dormiva nella stanzuccia accanto al corridoio qui vicino, udiva tutte le notti, poco prima o poco dopo dei dodici colpi della campana grossa, aprire la finestra che dà sul ballatoio, e la porta del corridoio. La prima volta che Brigida udì quel rumore fu la seconda domenica dopo Pasqua, la ragazza avea avuto la febbre e non poteva dormire; l'indomani tutti coloro ai quali raccontò il fatto credettero che fosse stato inganno della febbre; ma la poverina a misura che il giorno tramontava aveva una gran paura, e cominciò a parlare in tal modo del gran via vai della notte, che tutti credettero fosse delirante, e mamma Lucia rimase a dormire con lei. L'indomani anche mamma Lucia disse che in quella camera non avrebbe voluto passarci un'altra notte per tutto l'oro del mondo. Allora anche coloro i quali s'erano mostrati più increduli cominciarono ad informarsi e del come e del quando, e Maso raccontò quello che non avea voluto dire per timore di farsi dar la baia dai più coraggiosi. Da più di un mese avea udito rumore anche nel tinello, e s'era accorto che gli spiriti facevano man bassa sulla credenza. A poco a poco raccontò pure quel che aveva visto.

- Visto?

- Si, madonna; sospettando che alcuno dei guatteri gli giocasse quel tiro, si appostò nell'andito, dietro il tinello, col suo gran coltellaccio alla cintola, e attese la mezzanotte, ora in cui solevasi udire il rumore. Quando tutt'ad un tratto - non si udiva ronzare nemmeno una mosca - si vede comparir dinanzi un gran fantasma bianco, il quale gli arriva addosso senza dire né ahi né ohi, e gli passa rasente senza fare altro rumore di quel che possa fare un topo che va a caccia del formaggio vecchio. Il povero cuoco non volle saperne altro, e fu a un pelo di buscarne una bella e buona malattia.

- Ah! - disse la baronessa ridendo. - E cosa fece in seguito?

- Non fece nulla, fece acqua in bocca, andò a confessarsi, a comunicarsi, ed ogni sera, prima di mettersi in letto, non mancava di recitare le sue orazioni, e di raccomandarsi ben bene a tutte le anime del purgatorio che sogliono gironzare la notte, in busca di *requiem* e di suffragi.

- Giacché sono degli spiriti i quali rubano in tinello come dei gatti affamati o dei guatteri ladri, se fossi stata messer Maso, invece d'infilar paternostri, mi sarei raccomandata alla mia miglior lama, onde cercare di scoprire chi fosse il gaglioffo che si permetteva di scambiar le parti coi fantasmi.

- Oh madonna, la stessa cosa disse il Rosso il quale è un pezzo di giovanotto che il diavolo istesso, che è il diavolo, non gli farebbe paura; e si mise a rider forte, e gli disse bastargli l'animo di prendere lo spirito, il fantasma, il diavolo stesso per le corna, e fargli vomitare tutto il ben di Dio di cui dicevasi si desse una buona satolla in cucina; mai non l'avesse fatto! La notte seguente s'apposta anche lui nel corridoio, come avea fatto il cuoco, colla sua brava partigiana in mano, ed aspetta un'ora, due, tre. Infine comincia a credere che Maso si sia burlato di lui, o che il vino gli abbia fatto dire una burletta, e comincia ad addormentarsi, così seduto sulla panca e colle spalle al muro. Quand'ecco tutt'a un tratto, tra veglia e sonno, si vede dinanzi una figura bianca, la quale toccava il tetto col capo, e stava ritta dinanzi a lui, senza muoversi, senza che avesse fatto il minimo rumore nel venire, senza che si sapesse da dove fosse venuta; un po' di barlume veniva dalla lampada posta nella sala delle guardie, dal vano dell'arco al disopra della parete, e il Rosso giura d'aver visto i due occhi che il fantasma fissava su di lui, lucenti come quelli di un gatto soriano. Il Rosso, o non fosse ancora ben sveglio, o provasse un po' di paura a quella sùbita apparizione, senza dire né una né due, mise mano alla sua partigiana e menò tal colpo da spaccare in due un toro, fosse stato di bronzo; ma la spada gli si ruppe in mano, così come fosse stata di vetro, o avesse urtato contro il muro; si vide un fuoco d'artifizio di faville, a guisa dei razzi che si sparano per la festa della Madonna dell'Ognina, e il fantasma scomparve, né più né meno di come fa un soffio di vento, lasciando il Rosso atterrito, col suo troncone di spada in mano, e talmente pallido da far paura a chi lo vide per il primo, e d'allora in poi, invece di chiamarlo il Rosso, gli dicono il Bianco -.

La baronessa rideva ancora in aria d'incredulità; ma le sue ciglia si corrugavano di tanto in tanto, e pur tenendo gli occhi fissi nello specchio, non avea badato né al come Grazia la stesse pettinando, né al come le avesse increspato i cannoncini della sua gorgierina ricamata. O che la convinzione della cameriera fosse talmente sincera da esser comunicativa, o che il sogno della notte avesse fatto una potente impressione su di lei, pensava più che non volesse alla notte che doveva passare un'altra volta in quella medesima alcova.

- E cosa si dice nel castello di coteste apparizioni? - domandò dopo un silenzio di qualche durata.

- Madonna...

- Parla!

- Madonna... si dicono delle sciocchezze...

- Raccontamele.

- Messere il barone andrebbe su tutte le furie se lo sapesse.

- Tanto meglio! raccontamele.

- Madonna... io sono una povera fanciulla... Sono un'ignorante... Avrò parlato senza sapere quel che mi dicessi... Messere il barone mi butterebbe dalla finestra più facilmente ch'io non butti via questo pettine che non serve più. Per carità, madonna, non vogliate espormi alla collera di messere!

- Preferiresti esporti alla mia? - esclamò la baronessa aggrottando le ciglia.

- Ahimè!... Madonna!

- Orsù, spicciati; voglio saper tutto quel che si dice, ti ripeto, e bada che se la collera del barone è pericolosa, la mia non ischerza.

- Si dice che sia l'anima della povera donna Violante, la prima moglie del barone, - rispose Grazia messa alle strette, e tutta tremante.

- Come è morta donna Violante?

- S'è buttata in mare.

- Lei?

- Proprio lei, dal ballatoio mezzo rovinato che gira dinanzi alle finestre del corridoio grande, sugli scogli che stanno laggiù; in fondo al precipizio fu trovato il suo velo bianco... Era la notte del secondo giovedì dopo Pasqua.

- E perché s'è uccisa?

- Chi lo sa? Messere dormiva tranquillamente accanto a lei, fu svegliato da un gran grido, non se la trovò più al fianco, e prima che fosse ben sveglio vide una figura bianca la quale fuggiva. Si udì un gran baccano pel castello, tutti furono in piedi in men che non si dica un'*avemaria*, si trovarono gli usci e le finestre del gran corridoio spalancati, e il barone che correva sul ballatoio come un gatto inferocito; se non era il capocaccia, il quale l'afferrò a tempo, il barone sarebbe caduto dal parapetto rovinato, nel punto dove comincia la scala per la torretta di guardia, di cui non rimangono altro che le testate degli scalini. Il fantasma era scomparso giusto in quel luogo -.

La baronessa s'era fatta pensierosa.

- È strano! - mormorò.

- Della povera signora non rimase né si vide altro che quel velo; nella cappella del castello e nella chiesa del villaggio furono dette delle messe per tre giorni, in suffragio della morta, e una gran folla assisté ginocchioni ai funerali, ché tutti le volevano un ben dell'anima per le gran limosine che faceva quand'era in vita; però, sebbene messere avesse dato ordine che le esequie fossero quali si convenivano a così ricca e potente signora, e la bara, colle armi della famiglia ricamate sulle quattro punte della coltre, stesse tre dì e tre notti nella cappella, con più di quaranta ceri accesi continuamente, e lo stendardo grande ai piedi dell'altare, e drappelloni e scudi intorno che mai non si vide pompa più grande, il barone partì immediatamente, né si vide mai più al castello prima d'ora.

- Meno male! - mormorò donna Isabella. - Don Garzia non mi ha detto nulla di tutto ciò, ma è bene ch'io lo sappia.

- Alcuni pescatori poi ch'erano andati sul mare assai prima degli altri, raccontano d'aver visto l'anima della baronessa, tutta vestita di bianco, come una santa che ella era, sulla porta della guardiola lassù, e passeggiare tranquillamente su e giù per la scala rovinata, ove un gabbiano avrebbe paura ad appollaiarsi, quasi stesse camminando su di un bel tappeto turco, e nella miglior sala del castello.

- Ah! - esclamò la baronessa; e non disse altro, si alzò e andò a mettersi alla finestra.

Il giorno era tiepido e bello, e il sole festante che entrava dall'altra finestra sembrava rallegrasse la tetra camera; ma donna Isabella non se ne avvedeva, sembrava meditabonda, e voltandosi a un tratto verso la Grazia:

- Mostrami dov'è caduta donna Violante - le disse.

- Colà in quel punto dove il muro è rotto e cominciava la scala per la guardiola della sentinella, quando vi si metteva una sentinella.

- E perché non ci si mette più adesso? - domandò la baronessa con un singolare interesse.

- Bisognerebbe aver le ali per arrampicarsi lassù; adesso che la scala è rovinata il più ardito manovale non metterebbe i piedi su quel che rimane degli scalini.

- Ah, è vero!... -

E rimase contemplando lungamente la torricciuola, la quale isolata com'era sembrava attaccarsi, paurosa dell'abisso che spalancavasi al di sotto, alla cortina massiccia, e gli avanzi della scalinata, cadenti, smantellati, senza parapetto, sospesi in aria a quattrocento piedi dal precipizio sembravano un addentellato per qualche costruzione fantastica.

- Infatti, - mormorò come parlando fra di sé, - sarebbe impossibile; c'è da averne il capogiro soltanto a guardare -.

Si tirò indietro bruscamente, e chiuse la finestra.

Grazia, vedendo la sua beffarda padrona così accigliata, e accorgendosi che la sua storia avea fatto tale inattesa impressione su di lei, sentiva una tale paura come se avesse dovuto passare la notte nella camera di Brigida.

- Ahimè! madonna, io ho detto tutto per obbedirvi e senza pensare che ci va della mia vita se lo risapesse il barone. Abbiate pietà di me, madonna!

- Non temere, - rispose donna Isabella con un singolare sorriso; - coteste cose, vere o false, non si raccontano al mio signore e marito. Ma dimmi anche quel che si dice del motivo che abbia spinto donna Violante ad uccidersi; poiché un motivo qualunque ci sarà stato; qualcosa si dirà, a torto o a ragione, di'.

- Giuro per le cinque piaghe di Nostro Signore e per la santa giornata di venerdì che è oggi, che non si dice nulla, o almeno che non so nulla. Da principio, quando si è incominciato a sentire dei gemiti nelle notti di temporale, ed anche tutte le notti dal sabato alla domenica, e tutte le volte che fa la luna, o che qualche disgrazia deve avvenire nel castello o nei dintorni, si credeva che la baronessa fosse morta in peccato mortale, e perciò la sua anima chiedesse aiuto dall'altro mondo, mentre i demoni l'attanagliavano; ma poi Beppe, il pescatore, raccontò la visione che gli apparve sull'alto della guardiola, e alcuni giorni dopo quel bravo vecchio di suo zio Gaspare la ebbe confermata, e si ebbe la certezza che l'anima benedetta della baronessa era in luogo di salvazione, e si pensò invece a quella di Corrado il paggio, poveretto!

- Come era morto il paggio? s'era ucciso anche lui?

- Non era morto, era scomparso.

- Quando?

- Due giorni prima della morte di donna Violante.

- E chi l'aveva fatto sparire?

- Chi!... - balbettò la ragazza facendosi pallida. - Ma chi può far sparire un'anima del Signore e portarsela a casa sua, come un lupo ruba una pecora? - Messer demonio.

- Ah! era dunque un gran peccatore cotesto messer Corrado!

- No, madonna, era il giovane più bello e gentile che sia stato al castello -.

La baronessa si mise a ridere.

- Eh! mia povera Grazia, quelli sono i peccatori che messer demonio suol rapire a cotesta maniera!... - E poi, rifacendosi pensosa, volse un lungo e profondo sguardo su quel letto dove il gemito pauroso l'avea fatta sussultare la notte.

- Quando si odono questi gemiti dell'altro mondo? - domandò.

- In quelle notti in cui il fantasma non si fa vedere.

- È strano! E dove?

- Qui, madonna, in quest'alcova e nell'andito che c'è accanto, nel corridoio che passa vicino a questa camera, e nello spogliatolo che è dietro l'alcova.

- Insomma qui vicino? -

Per tutta risposta Grazia si fece il segno della croce.

La baronessa strinse le labbra tutt'a un tratto.

- Va bene, - le disse bruscamente. - Ora vattene. Non temere. Non dirò nulla di quel che mi hai detto -.

III.

Donna Isabella passò la giornata ad esaminare minutamente tutte le stanze, anditi, e corridoi vicini alla sua camera, e don Garzia le chiese inutilmente il motivo della sua preoccupazione. La notte dormì poco e agitata, ma non udì nulla; soltanto il vento che s'era levato verso l'alba faceva sbattere una delle finestre che davano sul ballatoio.

L'indomani la baronessa era ancora in letto, quando da dietro il cortinaggio udì il seguente dialogo fra suo marito e il Rosso che l'aiutava a calzare i grossi stivaloni:

- Dimmi un po', mariuolo, cos'è stato tutto questo baccano che hanno fatto le mie finestre stanotte? -

Il Rosso si grattò il capo e rispose:

- È stato che un'ora prima dell'alba si è messo a soffiare lo scirocco.

- Sarà benissimo, ma se le finestre fossero state ben chiuse, lo scirocco non avrebbe potuto farle ballare come una ragazza che abbia il male di San Vito. Ora bada bene al tuo dovere, marrano! ché nel castello intendo tutto vada come l'orologio che è sul campanile della chiesa, adesso che son qua io.

- Messere, voi siete il padrone, - rispose il Rosso esitando, - ma quella finestra lì bisogna lasciarla aperta.

- Dimmi il perché.

- Perché quando si chiude la finestra si sente...

- Eh?

- Si sente, messere!

- Malannaggia l'anima tua! - urlò il barone dando di piglio ad uno stivale per buttarglielo in faccia.

- Messere, voi potete ammazzarmi, se volete, ma ho detto la verità.

- Chi te l'ha soffiata cotesta verità, briccone maledetto?

- Ho visto e udito come vedo ed odo voi, che siete in collera per mia disgrazia e senza mia colpa.

- Tu?

- Io stesso.

- Tu mi rubi il vino della mia cantina, scampaforche!

- Io non avevo bevuto né acqua né vino, messere.

- Tu mi diventi poltrone, dunque! un gatto che fa all'amore ti fa paura. Diventi vecchio, Rosso mio, arnese da ferravecchi, e ti butterò fuori del castello con un calcio più sotto delle reni.

- Messere, io sono buono ancora a qualche cosa, quando mi metterete in faccia a una dozzina di diavoli in carne e ossa, che possano raggiungersi con un buon colpo di partigiana, o che possano ammazzare me come un cane; ma contro un nemico il quale non ha né carne né ossa, e vi rompe il ferro nelle mani come voi fareste di un fil di paglia, per l'anima che darei al primo cane che la volesse! non so cosa potreste fare voi stesso, sebbene siate tenuto il più indiavolato barone di Sicilia -.

Il barone questa volta si grattò il capo, e si acciglò, ma senza collera, o almeno senza averla col Rosso. - Orbè, - gli disse, - chiudimi bene tutte le finestre stanotte, e vattene a dormire senza pensare ad altro -.

Donna Isabella si levò pallida e silenziosa più del solito.

- Avreste paura? - domandò don Garzia.

- Io non ho paura di nulla! - rispose secco secco la baronessa.

Ma la notte non poté chiudere occhio, e mentre suo marito russava come un contrabasso ella si voltava e rivoltava pel letto, e ad un tratto scuotendolo bruscamente pel braccio, e rizzandosi a sedere cogli occhi sbarrati e pallida in viso: - Ascoltate! - gli disse.

Don Garzia spalancò gli occhi anche lui, e vedendola così, si rizzò a sedere sul letto e mise mano alla spada.

- No! - diss'ella, - la vostra spada non vi servirà a nulla.

- Cosa avete udito?

- Ascoltate!

Entrambi rimasero immobili, zitti, intenti; alfine don Garzia buttò la spada con dispetto in mezzo alla camera e si ricoricò sacramentando.

- Mi diventate matta anche voi! - borbottò. - Quella canaglia del Rosso vi ha fatto girare il capo! gli taglierò le orecchie a quel mariuolo.

- Zitto! - esclamò la donna nuovamente, e questa volta con tal voce, con tali occhi, che il barone non osò replicare motto. - Udiste?

- Nulla! per l'anima mia! -

Ad un tratto si rizzò a sedere una seconda volta, se non pallido e turbato come la sua donna, almeno curioso ed attento, e cominciò a vestirsi; mentre infilava gli stivali trasalì vivamente.

- Udite! - ripeté donna Isabella facendosi la croce.

Egli attaccò una grossa bestemmia invece della croce; saltò sulla spada che avea gettato in mezzo alla camera, e così com'era, mezzo svestito, colla spada nuda in pugno, al buio, si slanciò nell'andito che era dietro all'alcova.

Ritornò poco dopo. - Nulla! - disse, - le finestre son chiuse, ho percorso il corridoio, l'andito, lo spogliatoio; siamo matti voi ed io; lasciatemi dormire in pace adesso, giacché se domani il Rosso venisse a sapere quel che ho fatto stanotte, e sino a qual segno sia stato imbecille, dovrei vergognarmi anche di lui -.

Né si udì più nulla; la baronessa rimase sveglia, e don Garzia, sebbene avesse attaccato di nuovo due o tre russate sonore, non poté dormire di seguito come al solito; all'alba si alzò con tal cera che il Rosso, spicciatosi alla svelta dei soliti servigi, stava per battersela.

- Chiamami Bruno - gli disse il barone, e ricominciò a passeggiar per la camera, mentre la baronessa stava pettinandosi. Donna Isabella, preoccupata, lo seguiva colla coda dell'occhio, e lo vide andare per l'andito, l'udì camminare nello spogliatoio; poi lo vide ritornare scuotendo il capo, e mormorando fra di sé: - No! è impossibile!... -

Bruno e il Rosso comparvero.

- Vecchio mio, - gli disse il barone, - ti senti di buscarti un bel ducato d'oro, e passare una notte nel corridoio qui accanto, senza tremare come la rocca di una donnicciuola cui si parli di spiriti?

- Messere, io mi sento di far tutto quel che comandate - rispose Bruno, ma non senza alquanto esitare.

Il barone che conosceva da un pezzo il suo Bruno per un bravaccio indurito a tutte le prove, fu sorpreso da quell'esitazione, e dallo scorgere che il Bruno, contro ogni aspettativa, s'era fatto serio.

- Per l'inferno! - gridò battendo un gran pugno sulla tavola, - mi diventate tutti un branco di poltroni qui!

- Messere, per provarvi come poltroni non lo siamo tutti, farò quel che mi ordinerete.

- E anch'io. - rispose il Rosso, vergognoso di non esser messo alla prova invece del capocaccia. - Così, non avrete più a dubitare delle parole nostre.

- Orbene! giacché tutti avete visto, giacché tutti avete udito, giacché tutti avete toccato con mano, fatemi buona guardia stanotte, appostatevi sul cammino che suol tenere cotesto gaglioffo che ha messo la tremarella addosso a tutta la mia gente. Da qual parte si suol vedere questo fantasma?

- Nel corridoio qui accanto, di solito... Ma nessuno ha più visto nulla dacché quest'ala del castello non è stata più abitata...

- Tu, Bruno, ti porrai a guardia dietro l'uscio che mette nella sala grande, e il Rosso dietro la finestra, in capo al corridoio. Allorché cotesto spirito malnato sarà dentro, e voi avrete accanto le vostre brave daghe, e non vi tremerà né la mano né il cuore, il ribaldo non potrà scappare altro che dalla mia camera... e allora, pel mio Dio o pel suo Diavolo! l'avrà da fare con me. Andate, e buona guardia!

- Io credo che fareste meglio ad ordinare delle messe per l'anima della vostra donna Violante - gli disse la baronessa seria seria, allorquando furono soli.

Il barone fu sul punto di mettersi in collera, ma seppe padroneggiarsi, e rispose in aria di scherno:

- Da quando in qua mi siete divenuta credula come una femminuccia, moglie mia?

- Dacché vedo ed odo cose che non ho mai udite né viste.

- Cos'avete udito, di grazia?

- Quel che avete udito voi! - ribatté essa senza scomporsi.

Don Garzia s'acciglio.

- Io non ho udito né visto nulla - esclamò dispettosamente.

- Ed io ho visto voi come vi vedo in questo momento, e come sareste sorpreso voi stesso di vedervi se lo poteste!

- Ah! - esclamò il barone con un riso che mostrava i suoi denti bianchi ed aguzzi al pari di quelli di un lupo, - è che mi avete fatto girare il capo anche a me, ed ho paura anch'io!

- Credete che io abbia paura, messere? -

Il messere non rispose e andò a mettersi alla finestra di un umore più nero delle grosse nuvole che s'accavallavano sull'orizzonte.

IV

Il barone fu insolitamente sobrio a cena quella sera. Donna Isabella andò a coricarsi senza dire una parola, senza fare un'osservazione, ma pallida e seria. Don Garzia, quando si fu accertato che il Rosso e il Bruno erano già al loro posto, andò a letto e disse alla moglie motteggiando:

- Stanotte vedremo se il diavolo ci lascerà la coda -.

Donna Isabella non rispose, ma don Garzia non russò e dormì di un occhio solo.

Mezzanotte era suonata da un pezzo, il barone avea levato il capo ascoltando i dodici tocchi, poi s'era voltato e rivoltato pel letto due o tre volte, avea sbadigliato, infine s'era addormentato per davvero. Tutto era tranquillo, e taceva anche il vento; donna Isabella, che era stata desta sino allora, cominciava ad assopirsi.

Ad un tratto un grido terribile rimbombò per l'immenso corridoio; era un grido supremo di terrore, di delirio, che non poteva riconoscersi a qual voce appartenesse, che non aveva nulla d'umano; nello stesso tempo si udì un gran tramestìo, l'uscio e la finestra della camera furono spalancati con impeto, quasi da un violento colpo di vento, e al lume dubbio della lampada parve che una figura bianca in un baleno attraversasse la camera e fuggisse dalla finestra.

La baronessa, agghiacciata dal terrore fra le coltri, vide il marito slanciarsi dietro il fantasma colla spada in pugno, e saltare dalla finestra sul ballatoio. Egli correva come un forsennato, seguito da Bruno, inseguendo il fantasma che fuggiva come un uccello, sull'orlo del parapetto rovinato; entrambi, coi capelli irti sul capo, videro al certo, non fu illusione, la bianca figura arrampicarsi leggermente pei sassi che sporgevano ancora dalla cortina, al posto dov'era stata la scala, e sparire nel buio.

- Per la Madonna dell'Ognina! - esclamò il barone dopo alcuni istanti di stupore, - lo toccherò colla mia spada, o che si prenda l'anima mia, s'è il Diavolo in carne ed ossa! -

Don Garzia non credeva né a Dio né al Diavolo, sebbene li rispettasse entrambi; ma senza saper perché si ricordò delle parole dettegli da donna Isabella la mattina, e fremette.

Donna Isabella non gli avea fatto la più semplice domanda, o si spaventasse a farla, o la credesse inutile. Il barone del resto era di tale umore da non permetterne talune. L'indomani però dissegli risolutamente che non intendeva dormire più oltre in quella camera.

- Aspettate ancora stanotte, - rispose il marito, - farò buona guardia io stesso, e se domani non riderete delle vostre paure, vi lascerò padrona di far quel che meglio vorrete -.

Ella non osò aggiunger verbo, soltanto qualche momento dopo gli domandò:

- Di che malattia è morta la vostra prima moglie, messere? -

Ei la guardò bieco, e rispose:

- Di mal caduco, madonna.

- Io non avrò cotesto male, vi prometto! - disse ella con strano accento.

Don Garzia, insieme a tutti i vizi del soldato di ventura e del gentiluomo-brigante, ne avea la sola virtù: una bravura a tutta prova. Egli fece quel che non osava più fare Bruno, il terribile Bruno, e per cui era mezzo morto anche il Rosso, giovanotto ardito se mai ce ne fossero; e passò tre notti di seguito nel corridoio, senza batter ciglio, senza muoversi più che non si muovesse il pilastro al quale stava appoggiato, colla mano sull'elsa della spada e l'orecchio teso: il vento sbatteva le imposte della finestra ch'era stata lasciata aperta per ordine suo, i gufi svolazzavano sul ballatoio, i pipistrelli s'inseguivano stridendo per l'andito; il lume della lampada riverberavasi pel vano dell'arco della sala delle guardie e sembrava vacillante; ma del resto tutto era queto, e don Garzia sarebbesi stancato di passar le notti in sentinella, come un uomo d'armi, se il ricordo di quel che avea visto coi propri occhi non fosse stato ancora profondamente impresso nella sua mente, e se una parola della moglie non gli avesse messo in corpo una di quelle preoccupazioni che non lasciano più dormire né lo spirito né il corpo, uno di quei dubbi che imperiosamente domandano uno schiarimento; la sua coscienza dormiva ancora, ma le sue reminiscenze, talune circostanze lasciate passare inosservate, si svegliavano ad un tratto, gli si rizzavano dinanzi in forma di tal sospetto, che don Garzia, zotico, brutale, dispotico signore, scettico e superstizioso ad un tempo, ma in fondo sinceramente barone, vale a dire ossequioso al re, e alla Chiesa, che lo facevano quello che egli era, se ne sentiva padroneggiato, e provava il bisogno di scioglierlo colla persuasione, o colla spada.

Era la quarta notte che don Garzia attendeva; il mare era in tempesta, il tuono scuoteva il castello dalle fondamenta, la grandine scrosciava impetuosamente sui vetri, e le banderuole dei torrioni gemevano ad intervalli; di tanto in tanto un lampo solcava il buio del corridoio per tutta la sua lunghezza, e sembrava gettarvi un'onda di spettri; tutt'a un tratto il lume ch'era nella sala delle guardie si spense.

Don Garzia rimase al buio. Le tenebre che lo avvolgevano sembravano stringerlo ed opprimerlo da tutte le parti, soffocargli il respiro nel petto, la voce nella gola, e inchiodargli il ferro nella guaina; improvvisamente quel soldataccio risoluto sentì un brivido che gli penetrava tutte le ossa: fra le tenebre, in mezzo a tutti quei rumori vari, confusi, ma che avevano un non so che di pauroso, parvegli udire un altro rumore più vicino, più spaventoso, tale da far battere di febbre il polso di quell'uomo; le tenebre furono squarciate da un lampo, e videsi di faccia, ritta, immobile, quella figura bianca che aveva visto fuggire un'altra volta dinanzi a lui, e d'allora in poi aveva inseguito lui nella coscienza o nel pensiero, - ora la guardava con occhi lucenti e terribili. Tutto ciò non fu che un istante, una visione; - coi capelli irti, vibrò una stoccata formidabile, sentì l'elsa urtare contro qualche cosa, udì un grido di morte che gli agghiacciò tutto il sangue nelle vene, e in un delirio di terrore gli fece ritirare la spada e fare un salto indietro, atterrito, chiamando la sua gente con quanta voce aveva in corpo.

Scorsero due o tre minuti terribili, in cui non si udì più nulla; egli rimase in mezzo a quel buio, vicino a quella *cosa* che la sua spada aveva toccato. Pel castello si udì un gran tramestìo, si vide correre la gente, e sulle pareti cominciarono a riflettersi le fiaccole dei valletti. Don Garzia si slanciò sull'uscio gridando:

- Non entri nessuno all'infuori del Bruno, se v'è cara la vita! -

Tutti s'erano fermati attoniti vedendo il barone così pallido, coll'occhio stralunato e la spada in pugno, ancora macchiata di sangue. Bruno entrò, e vide uno spettacolo orribile.

Vicino alla parete giaceva il cadavere di donna Violante, vestita del suo accappatoio bianco, com'era fuggita dal letto del marito la notte in cui s'era creduto che si fosse buttata in mare. Il viso avea pallido come cera e dimagrato enormemente, i capelli arruffati ed incolti, gli occhi spalancati, lucidi, fissi, spaventosi. La ferita era stata mortale e non sanguinava quasi, solo alcune gocce di sangue l'erano uscite dalla bocca e le rigavano il mento.

- Avevi ragione Bruno! - disse il barone con voce sorda. - Non volevo crederci ai fantasmi; le credevo sciocchezze di femminucce; ma adesso ci credo anch'io. Bisogna buttare in mare questa forma della mia povera moglie che ha preso lo spirito maligno... e senza che nessuno al castello e fuori ne sappia nulla, ché sarebbero capaci d'inventarci su non so quale storia assurda... -

Bruno capiva e non ebbe bisogno d'altre spiegazioni; però il suo signore non dimenticò di aggiungere sottovoce:

- Senti, vecchio mio, sai bene che se la cosa si risapesse così come sembra essere avvenuta, io sarei stato bigamo e peggio, e la tua testa sarebbe assai malferma sulle tue spalle, in fede mia! -

In chiesa, ricorrendo l'anniversario della morte di donna Violante, le furono resi dei pomposi e costosi suffragi; però, non si sa come, cominciavasi a buccinare al castello e fuori che *la cosa fosse proprio avvenuta come sembrava*, e come don Garzia non voleva che sembrasse; e Bruno, il quale perciò cominciava a dubitare che la sua testa non fosse ben ferma sulle sue spalle, un bel giorno a caccia mise per distrazione una palla d'archibugio fra la prima e la seconda vertebra del suo signore.

Donna Isabella, che avea una gran paura del mal caduco, era andata a villeggiare presso la sua famiglia, e siccome l'aria le faceva bene, non era più ritornata.

V.

Questa era la leggenda del Castello di Trezza, che tutti sapevano nei dintorni, che tutti raccontavano in modo diverso, mescolandovi gli spiriti, le anime del Purgatorio, e la Madonna dell'Ognina. I terremoti, il tempo, gli uomini, avevano ridotto un mucchio di rovine la splendida e forte dimora di signori i quali, al tempo di Artale d'Alagona, aveano sfidato impunemente la collera del re, e sembravano avervi impresso una stimmate maledetta, che dava una misteriosa attrattiva alla leggenda, e affascinava lo sguardo della signora Matilde, mentre ascoltava silenziosamente.

- E di quell'uomo? - domandò improvvisamente, - di quel giovanotto che per sua disgrazia non era morto cadendo nel trabocchetto, e che vi agonizzava lentamente, cosa ne è avvenuto?

- Chissà? Forse il barone avrà udito ancora dei gemiti soffocati, o delle grida disperate che imploravano la morte, forse dopo alcuni giorni, si sarà sentito il lezzo del cadavere da quella specie di pozzo, forse avrà voluto prevenire che ciò avvenisse, - vi fece gettar della calce viva, e non si sentì più nulla.

- È una storia spaventosa! - mormorò la signora Matilde. - Togliamone pure i fantasmi, il suono della mezzanotte, il vento che spalanca usci e finestre, e le banderuole che gemono, è una spaventosa storia!

- Una storia la quale non sarebbe più possibile oggi che i mariti ricorrono ai Tribunali, o alla peggio si battono - rispose Luciano ridendo.

Ella gli agghiacciò il riso in bocca con uno sguardo singolare. - Lo credete? - domandò.

Luciano ammutolì per quello sguardo, per quell'accento, pel sentirsi dar del voi così distrattamente e a quella guisa. Sopraggiungeva il signor Giordano.

Parlatemi d'altro, - diss'ella sottovoce, con singolare vivacità, - non discorriamo più di cotesto... -

VI.

Il signor Luciano e la signora Matilde si vedevano quasi tutti i giorni, in quella piccola società d'amici che le veglie o le escursioni pei dintorni riunivano quotidianamente. La signora fu indisposta due o tre giorni, e non si fece vedere. Allorché s'incontrarono la prima volta parve così mutata a Luciano che ei le domandò premurosamente della salute; il contegno di lei, le sue risposte, furono così imbarazzate, che il giovane ne fu imbarazzato egli pure, senza saper perché.

Evidentemente ella lo evitava. Era sempre allegra, spiritosa ed amabile con tutti, ma con lui era cambiata. - Anche il marito avea cambiato maniere - senza che nulla fosse avvenuto, senza che una parola fosse stata detta, senza che Luciano stesso sapesse ancora perché ei fosse così turbato, perché l'imbarazzo di lei rendesse imbarazzato anche lui, e perché si fosse accorto del cambiamento del signor Giordano. Una bella sera di luna piena tutta la comitiva era uscita a passeggiare, e Luciano offrì risolutamente il braccio alla signora Matilde; ella esitò alquanto, ma non osò rifiutare; camminavano lentamente, in silenzio, mentre gli altri ciarlavano e ridevano; ad un tratto ella gli strinse il braccio, e gli disse con un soffio di voce: - Vedete! -

Il signor Giordano era lì presso, dando il braccio alla signora Olani. La mano che stringeva il braccio di Luciano era convulsa e tremante, la voce avea una vibrazione insolita.

Quando il signor Giordano ebbe lasciata al cancello della villa la signora Olani, sembrò lasciare anche una maschera che si fosse imposta sino a quel momento, e mostrossi soprappensieri, taciturno e accigliato.

- Ho paura!... ho paura di lui!... - mormorò Matilde sottovoce.

Luciano premette quel braccio delicato che s'appoggiava leggermente al suo, e che gli rispose tremante e gli si abbandonò confidente e innamorato, a lui che non avrebbe potuto proteggerla neppure dando tutto il sangue delle sue vene. Si volsero uno sguardo, uno sguardo solo, lucente nella penombra - quello della donna smarrito - e chinarono gli occhi. Sull'uscio della casa si lasciarono. Ei non osò stringerle la mano.

Ella partì, né seppe giammai quali notti ardenti di visioni egli avesse passato, quali febbri l'avessero roso accanto a lei, mentre sembrava così calmo e indifferente, quante volte fosse stato a divorarla, non visto, cogli occhi, e quel che si fosse passato dentro di lui allorché sorridendo dovette dirle addio dinanzi a tutti, e quando la vide passare, rincantucciata nell'angolo della carrozza, colle guance pallide e gli occhi fissi nel vuoto, e qual nodo d'amarezza gli avesse affogato il cuore allorché rivide chiusa quella finestra dove l'avea vista tante volte. L'indovinò? indovinò egli stesso quel che avesse sofferto ella pure? Quando s'incontrarono di nuovo, dopo lungo tempo, parvero non conoscersi, non vedersi, impallidirono e non si salutarono.

Finalmente s'incontrarono un'altra volta - al ballo, in chiesa, al teatro, auspice Dio o la fatalità; ei le disse: - Come potrei vedervi? - Ella impallidì, si fece di bracia, chinò gli occhi, glieli fissò ardenti nei suoi, e rispose: - Domani -.

E il domani si videro - un'ora dopo ella avea l'anima ebbra di estasi, i polsi tremanti di febbre, e gli occhi pieni di lagrime. - Perché m'avete raccontato quella storia? - ripeteva balbettando come in sogno.

Era pentimento, rimprovero, o presentimento?

Alcuni mesi dopo, in autunno, la medesima compagnia d'amici s'era riunita ad Aci Castello. I due che s'amavano avevano saputo nascondere la loro febbre, o il marito avea saputo dissimulare la sua collera, o la signora Olani era stata più assorbente. Si vedevano come prima, si riunivano come prima, erano allegri, o sembravano, come prima. - Qualche fuggitivo rossore di più sulle gote, e qualche lampo negli occhi - null'altro! Si facevano le solite scampagnate, i soliti ballonzoli, si andava in barca o a cavallo sugli asini, e si progettò anche il solito pranzo sulla vecchia torre del castello. La signora Matilde mise in mezzo tutti gli ostacoli; il marito la guardò in un certo modo, e le domandò la ragione dell'insolita ripugnanza...

Andò anche lei.

Il pranzo fu allegro come quello dell'anno precedente. Si mangiò sull'erba, si ballò sull'erba, e si buttarono sull'erba le bottiglie dopo che ne furono fatti saltare i turaccioli. Si ciarlò del castello, di memorie storiche, dei Normanni e dei Saraceni, della pesca delle acciughe e dei secoli cavallereschi, e tornarono in campo le vecchie leggende, e si raccontò di nuovo a pezzi e a bocconi la storia che Luciano avea raccontato la prima volta in quel luogo medesimo, e che alcuni nuovi venuti ascoltavano con avidità, digerendo tranquillamente, ed assaggiando il buon moscato di Siracusa.

Luciano e la signora Matilde stavano zitti da lungo tempo, ed evitavano di guardarsi.

VII.

Don Garzia d'Arvelo era diventato inaspettatamente, a cinquant'anni, signore dei numerosi feudi che dipendevano dalla baronia di Trezza; il barone suo nipote era stato trovato in un burrone, lungo stecchito, un bel dì, o una brutta notte, che era andato a caccia di non so qual selvaggina. Il cavaliere d'Arvelo, ora che era barone, fece impiccare preliminarmente due o tre vassalli i quali avevano la disgrazia di possedere bella selvaggina in casa, e la triste riputazione di tenere all'onore come altrettanti gentiluomini; poi era montato a cavallo, e siccome sospettavasi anche che il signore di Grevie avesse saldato in quel tal modo spicciativo alcuni vecchi conti di famiglia, era andato ad aspettarlo ad un certo crocicchio, e senza stare a sofisticare sulla probabilità del *si dice*, aveva messo il saldo alla partita.

Soddisfatti così i suoi obblighi di d'Arvelo e di signore non uso a farsi posare mosca sul naso, era andato ad assidersi tranquillamente sul seggio baronale, avea appeso la spada al chiodo del suo antecessore, e, tanto per farsi la mano da padrone, avea fatto sentire come la sua fosse di ferro a tutti quei poveri diavoli che stavano nei limiti della sua giurisdizione, ed anche delle sue scorrerie, ché un po' del predone gli era rimasto colle vecchie abitudini di cavalier di ventura. Tutti coloro che nel *requiem* ordinato in suffragio del giovane barone avevano innestato sottovoce certi mottetti che non erano nella liturgia, ebbero a pentirsene, e dovettero ripetere, senza che sapessero di storia, il detto della vecchia di Nerone. Lupo per lupo, il vecchio che succedeva al giovane mostrava tali ganasce e tale appetito, che al paragone il lupacchiotto morto diventava un agnellino. Il cavaliere, cadetto di grande famiglia, era stato tanto tempo ad aguzzarsi le zanne e ad ustolare attorno a tutto quel ben di Dio in cui sguazzava il nipote, capo della casa e suo signore e padrone, che malgrado le scorrerie di tutti i generi, sulle quali il fratello e poscia il nipote avevano chiuso un occhio, si poteva dire di lui che fosse affamato da cinquant'anni; sicché era naturalissimo che allorquando poté darsi una buona satolla di tutti gli intingoli del potere più sfrenato, lo fece da ghiottone, il quale abbia stomaco di struzzo.

Del resto il Re, suo signore dopo Dio, era lontano, e i d'Arvelo erano d'illustre famiglia, grandi di Spagna, di quelli che non si sberrettano né dinanzi al Re, né dinanzi a Dio, titolari di diverse cariche a Corte, baroni ricchi e potenti, un po' alleati della mano sinistra coi Barbareschi, di quei mastini insomma che andavano lisciati pel verso del pelo. Don Garzia andò a Corte; si batté con un gentiluomo che osò ridere dei suoi baffi irsuti e dei suoi galloni consunti, e gli mise tre pollici di ferro fra le costole, prestò il suo omaggio di sudditanza al Re, il quale lo invitò alla sua tavola, e fra il caciocavallo e i fichi secchi gli disse, che poiché la famiglia d'Arvelo non avea altri successori, il suo buon piacere era che don Garzia sposasse una damigella Castilla, la quale attendeva marito nel Monastero di Monte Vergine. Don Garzia, buon suddito e buon capo di grande famiglia, sposò la damigella senza farselo dir due volte, e senza vederla una volta sola prima di condurla all'altare, ma dopo aver ben guardato nelle pergamene della famiglia della sposa e nei quattro quarti del suo blasone; la mise in una lettiga nuova, con buona mano d'uomini d'arme e di cagnotti davanti, ai lati, e dietro; montò il suo cavallo pugliese, e se la menò a Trezza.

La sera dell'arrivo degli sposi si fecero gran luminarie al castello, nel villaggio, e nei dintorni, la campana della chiesuola suonò sino a creparne, si ballò tutta la notte sulla spiaggia, e del vino del Bosco e di Terreforti delle cantine del barone ne bevve persino il mare. Nondimeno, allorché la sposa fu entrata in quella cameraccia scura e triste, in fondo all'alcova immensa della quale ergevasi come un catafalco il talamo nuziale, non poté vincere un senso di ripugnanza e quasi di paura, e domandò al marito:

- Come va, mio signore, che essendo voi tanto ricco, avete una sì brutta cameraccia? -

Don Garzia, il quale ricordavasi di dover essere galante pel quarto d'ora, rispose:

- La camera sarà bella ora che ci starete voi, madonna -.

Però la prima volta che donna Violante si svegliò in quella brutta cameraccia, e al fianco di quel brutto sire, dovette essere un gran brutto svegliarsi. Ma ell'era damigella di buona famiglia, bene educata all'obbedienza passiva, fiera soltanto del nome della sua casa e di quello che le era stato dato in tutela; era stata strappata bruscamente alla calma del suo convento, ai tranquilli diletti, ai sogni vagamente turbati della sua giovinezza, ad un romanzetto appena abbozzato, ed era stata gettata, - ella che avea sangue di re nelle vene, - nell'alcova di quel marrano, cui per caso era caduto in capo un berretto di barone: ella avea accettato quel marrano, perché il Re, il capo della sua famiglia, le leggi della sua casta glielo imponevano, e avea soffocato la sua ripugnanza, allorché la mano nera e callosa di quel vecchio s'era posata sulle sue spalle bianche e superbe, perché era suo marito: dolce e gentile com'era, cercava a furia di dolci e gentili maniere raddolcire quel vecchio lupo che le ringhiava accanto, e le mostrava i denti aguzzi allorché voleva sembrare amabile. Però quello non era tal lupo cui l'acqua santa del matrimonio potesse far cambiare il pelo; e quanto a vizi avea tutti quelli che s'incontrano sulla strada di un soldato di ventura, dietro le insegne delle bettole. Per giunta, e per disgrazia, donna Violante dopo due anni di matrimonio non solo non avea messo al mondo il dito mignolo d'un baroncino, ma non avea nemmen l'aria di darsene per intesa, e d'aver capito il motivo per cui don Garzia s'era tolto in casa la noia e la spesa di una moglie.

Quella moglie delicata, linfatica, colle mani bianche, che gli parlava a voce bassa, che arrossiva alle sue canzonette allegre ed alle sue esclamazioni gioviali, che scappava spaventata allorché il sire era in buon umore, che non gli sapeva condire i suoi intingoli prediletti, e che non era stata buona nemmeno a dargli un successore, gli faceva l'effetto d'un ninnolo di lusso, da tenersi sotto chiave come i diamanti di famiglia; perciò, lungi di smettere le sue abitudini di lanzichenecco, ci s'era lasciato andare allegramente, senza prendersi nemmeno la pena di nasconderlo alla moglie, la quale era così timida, e tremava talmente, allorché ei si metteva in collera alla menoma osservazione, da sembrargli stupida. Cacciava, beveva, correva pei tetti e scavalcava le siepi, e quando ritornava ubbriaco, o di cattivo umore, guai alle mosche che si permettevano di ronzare!

Un'ultima scappata di don Garzia però avea fatto tale scandalo, che andò a colpire nel vivo quella vittima rassegnata. La fierezza di patrizia, l'amor proprio di donna, la gelosia di moglie, si ribellarono alfine in donna Violante, e le diedero per la prima volta un'energia fittizia.

- Mio signore, - dissegli con voce tremante, ma senza chinare gli occhi dinanzi al brusco cipiglio del marito, - rimandatemi al convento dal quale m'avete tolta, poiché sono tanto scaduta dalla vostra stima!

- Che vuol dir ciò? - borbottò don Garzia, - e chi vi ha detto di esser scaduta?

- Come va dunque, che vi rispettiate così poco voi stesso, da scendere sino alla Mena? -

Il barone stava per attaccare una mezza dozzina di quei sacrati che facevan tremare il castello sino dalle fondamenta, ma si contentò di sghignazzar forte:

- Da quando in qua, madonna, al castello di Trezza le galline si permettono di alzar la cresta? Badate a covarmi dei baroni, piuttosto, com'è vostro dovere, e lasciatemi cantar mattutino e compieta secondo il mio buon piacere -.

La baronessa l'indomani s'era levata pallida e sofferente, ma cogli occhi luccicanti di un insolito splendore; sembrava rassegnata, ma di una rassegnazione cupa, meditabonda, lampeggiante di tratto in tratto la ribellione e la vendetta; quel marito istesso così rozzo, così brutale, fu una volta sorpreso e impensierito dell'aria indefinibile ed insolita di quella donna che posava il capo sul suo medesimo guanciale, quantunque un sol muscolo della fisionomia di lei non si movesse, e volle mostrarle che le avea perdonato la sua velleità di resistenza con un bacio avvinazzato. - Ella non lo respinse, non si mosse, rimase cogli occhi chiusi, le labbra scolorite e serrate, le guance pallide e ombreggiate dalla lunga frangia delle sue ciglia: soltanto una lagrima ardente luccicò un momento fra quelle ciglia, e scese lenta lenta.

VIII

Una sera il barone tardava a venire; la luna specchiavasi sui vetri istoriati dell'alta finestra, e il mare fiottava sommessamente. La baronessa stava da lunga pezza assorta, sulla sua alta seggiola a braccioli, col mento nella mano, distratta o meditabonda. Corrado, il bel paggio del barone d'Arvelo, le aveva domandato inutilmente due volte se gli comandasse di montare a cavallo, e d'andare in traccia del suo signore.

Alfine donna Violante gli fissò in viso lo sguardo pensoso. - Era un bel giovanetto, Corrado, dall'occhio nero e vellutato, e dalle guance brune e fresche come quelle di una vaga fanciulla di Trezza, così timido che quelle guance dorate si imporporavano alquanto sotto lo sguardo distratto della sua signora. - Ella lo fissò a lungo senza vederlo.

- No! - disse poscia. - perché?... -

Si alzò, andò ad aprire la finestra, e appoggiò i gomiti al davanzale. Il mare era levigato e lucente; i pescatori sparsi per la riva, o aggruppati dinanzi agli usci delle loro casipole, chiacchieravano della pesca del tonno e della salatura delle acciughe; lontan lontano, perduto fra la bruna distesa, si udiva ad intervalli un canto monotono e orientale, le onde morivano come un sospiro ai piedi dell'alta muraglia; la spuma biancheggiava un istante, e l'acre odore marino saliva a buffi, come ad ondate anch'esso. La baronessa stette a contemplare sbadatamente tutto ciò, e sorprese se stessa, lei così in alto nella camera dorata di quella dimora signorile, ad ascoltare con singolare interesse i discorsi di quella gente posta così basso al piede delle sue torri. Poi guardò il vano nero di quei poveri usci, il fiammeggiare del focolare, il fumo che svolgevasi lento lento dal tetto; infine si volse bruscamente, quasi sorpresa dal paggio che, ritto sull'uscio, attendeva i suoi ordini, guardò di nuovo la spiaggia, il mare, l'orizzonte segnato da una sfumatura di luce, l'ombra degli scogli che andava e veniva coll'onda, e tornò a fissar Corrado, questa volta più lungamente. Ad un tratto arrossì, come sorpresa della sua distrazione, e per dir qualche cosa domandò sbadatamente:

- Che ora è Corrado?

- Son le due di notte, madonna.

- Ah! -

Le sue ciglia si corrugarono di nuovo, chinò gli occhi un istante, e con un suono d'amarezza indicibile:

- Tarda molto stasera il barone!...

- Non temete, madonna; la campagna è sicura, la sera è bella, e la luna non ha una nube.

- È vero! - diss'ella con uno strano sorriso. - È proprio una sera da amanti!... -

E seguitò a fissare il giovinetto col suo sguardo da padrona, senza pensare a lui che ne era colpito.

Lasciò la finestra e andò a sedere sulla seggiola stemmata, ai piedi della quale si teneva il paggio; non più melanconica, né meditabonda, ma inquieta, agitata, e nervosa.

- Conosci la Mena? - domandò ad un tratto bruscamente.

- La mugnaia del Capo dei Molini?

- Sì, la mugnaia del Capo dei Molini! - ripeté con un singolare sorriso.

- La conosco, madonna.

- E anch'io! - esclamò con voce sorda. - Me l'ha fatta conoscere mio marito! -

Per l'altera castellana Corrado non era altro che un domestico, un giovanetto che portava il suo stemma ricamato sul giustacuore di velluto, e che era leggiadro, e avea la chioma bionda e inanellata per far onore alla casa. Ella dunque parlava come fra sé, colla sua eco, perché il suo cuore era troppo pieno, perché l'amarezza non s'era sfogata in lagrime, e gli fece una singolare domanda, con singolare accento e cogli occhi fissi al suolo:

- Perché non sei l'amante della Mena anche tu?

- Io, madonna?

- Sì, tutti vanno pazzi per cotesta mugnaia!

- Io sono un povero paggio, madonna!...

Ella gli fissò in viso quello sguardo accigliato, e a poco a poco le sopracciglia si spianarono.

- Povero o no, tu sei un bel paggio. Non lo sai? -

I loro occhi si incontrarono un istante e si evitarono nello stesso tempo. Se la vanità del giovinetto si fosse risvegliata a quelle parole, tutto sarebbe finito fra di loro e l'orgoglio della patrizia si sarebbe inalberato così all'audacia del paggio, che il cuore della donna si sarebbe chiuso per sempre. Ma il giovinetto sospirò, e rispose chinando gli occhi:

- Ahimè! madonna! -

Quel sospiro aveva un'immensa attrattiva.

Mille nuovi sentimenti confusi e violenti andavano gonfiandosi nell'animo della baronessa, come le nubi su di un mare tempestoso. Ella pure, bianca, superba, ella che discendeva da principi reali e da re castigliani, non poté fare a meno di paragonare quel giovinetto ingenuo, leggiadro, che avea cuore di cavaliere sotto una livrea di domestico, a quell'uomo rozzo, brutto, villano, coronato di barone, cui s'era data, e il quale la posponeva ad una bellezza da trivio, che portava zoccoli ai piedi e sacchi di farina sul dorso. Lagrime ardenti le luccicarono nell'orbita, asciugate subito da qualcosa di più ardente ancora, divorate in segreto; tutto quel movimento interno sembrava aver voce e parola, sembrava gridare da tutte le sue membra e da tutti i suoi pori, e il paggio osava fissare per la prima volta su quella sovrana bellezza, delirante in segreto e che faceva delirare, i suoi begli occhi azzurri, scintillanti di luce insolita.

- Corrado! - esclamò ella all'improvviso, con voce sorda e interrotta, come perdesse la testa; - tu che la conosci... tu che sei uomo... dimmi se cotesta mugnaia... è bella... s'è più bella di me... Oh dimmelo! non aver paura...

Il giovanetto guardava affascinato quella donna corrucciata, fremente, gelosa, rossa di onta e di dispetto, bella da far dannare un angelo; impallidì e non rispose: poi colla voce tremante, colle mani giunte, con un accento che fece scuotere e trasalire la sua signora, esclamò: - Oh... abbiate pietà di me!... madonna!...

Ella gli lanciò un'occhiata fosca, senza sguardo, e si allontanò rapidamente, fuggendo; andò ad appoggiarsi al davanzale, a bere avidamente la fresca brezza della notte. Quattro ore suonavano in quel momento; non si vedeva un sol lume, né si udiva una voce. Che cosa avveniva in quell'anima combattuta? Nessuno avrebbe saputo dirlo, lei meno di ogni altra, ché tali pensieri sono vertiginosi, tempestosi anche, come è complesso il sentimento da cui emanano. E ad un tratto volgendosi bruscamente verso di lui:

- Senti, - gli disse. - Hai torto! Paggio o no, povero o no, sei bello e giovane da far perdere la testa, e hai torto a non essere l'amante della Mena; il tuo padrone, che è vecchio e brutto, l'ama... l'amore è la giovinezza, la beltà, il piacere; non ci credevo... ma mio marito me l'ha insegnato, - e questo marito non è né giovane, né bello, né gentile. - Io mi son data a lui - ero bella, ti giuro, ero bella allora, delicata, tutta sorriso, col cuore ansioso e trepidante arcanamente sotto la ruvida mano che m'accarezzava. Nel convento avevo sognato tante volte che quella prima carezza mi sarebbe venuta da un'altra mano bianca e delicata che mi avea salutato, e che le mie vergini labbra avrebbero rabbrividito la prima volta sotto quelle altre che m'aveano sorriso, ombreggiate da baffetti d'oro, attraverso la grata. Invece furono le labbra irsute del barone d'Arvelo... - *Colui* era bello come te, biondo come te, giovane come te; io gli rapii la mia beltà, la mia giovinezza, il mio primo bacio che gli avevo promesso col primo sguardo, il mio cuore, che era suo, per darli a quest'uomo cui m'avevano ordinato di darli, e glieli diedi lealmente. Ora senti, io sono povera come te, non possedevo che il mio bel nome e gli ho dato anche quello, e ho combattuto i miei sogni, le mie ripugnanze, i palpiti stessi del mio cuore. Adesso quest'uomo cui ho sacrificato tutto ciò, che mi ha rapito tutto ciò, questo ladro, questo sleal cavaliere, questo marito infame, ha mescolato il mio primo bacio di vergine al bacio di una cortigiana... -

- Tu non sai, non puoi sapere qual effetto possano fare tali infamie sull'animo di una patrizia... Ma giuro, per santa Rosalia! che mi vendicherò in tal modo, che farò tale ingiuria a quest'uomo, che lo coprirò di tale vergogna, quale non basterà a lavare tutto il sangue delle sue vene e delle mie... Io son giovane ancora, sarò ancora bella quando amerò... Ti giuro!... Vuoi? di'! vuoi? -

Egli tremava tutto. - Ella gli afferrò il capo con gesto risoluto, con occhi ardenti e foschi, e gli stampò sulla bocca un bacio di fuoco.

IX.

Donna Violante non chiuse occhio in tutta la notte. Stava col gomito sul guanciale, fissando uno sguardo intraducibile, immobile, instancabile, su quel marito che dormiva tranquillo accanto a lei, di cui l'alito avvinazzato le sfiorava il viso, e il quale l'avrebbe stritolata sotto il suo pugno di ferro,

49

se avesse potuto immaginare quali fantasmi passassero per gli occhi sbarrati di lei. E all'indomani, colle guance accese di febbre, e il sorriso convulso, gli disse:

- Non vi pare che sarebbe tempo di cercare un altro paggio, don Garzia?

- Perché?

- Corrado non è più un ragazzo; e voi lasciate troppo spesso sola vostra moglie, perché egli possa starle sempre vicino senza dar da ciarlare ai vostri nemici -.

Il barone aggrottò le ciglia, e rispose:

- Amici e nemici mi conoscono abbastanza perché né la cosa né le ciarle siano possibili -.

Sugli occhi della donna lampeggiò un sorriso da demone.

- E poi, - aggiunse don Garzia, - vi stimo abbastanza per temere che voi, nobile e fiera, possiate scendere sino ad un paggio -. E buttandole galantemente le braccia al collo accostò le sue labbra a quelle di lei. Ella, bianca come una statua, gli rese il bacio con insolita energia.

Nondimeno, malgrado l'alterigia baronale, e la fiducia nella sua possanza, don Garzia era tal vecchio peccatore da non dormir più tranquillo i suoi sonni una volta che gli era stata messa nell'orecchio una pulce di quella fatta, e, andato a trovar Corrado:

- Orsù, bel giovane, - gli disse, - eccoti questo borsellino pel viaggio, e queste due righe di benservito, e vatti a cercar fortuna altrove -.

Il giovane rimase sbalordito, e non potendo aspettarsi da che parte gli venisse il congedo, temette che qualcosa del terribile segreto fosse trapelata; e tremante, non per sé, ma per colei di cui avea sognato tutta la notte gli occhi lucenti, e l'ebbrezze convulse:

- Almeno, mio signore, - balbettò, - piacciavi dirmi, in grazia, perché mi scacciate!

- Perché sei già in età da guadagnarti il pane dove c'è da menar le mani, invece di stare a grattar la chitarra, ed è tempo di pensare a vestir l'arnese, piuttosto che farsettino di velluto.

- Orbè, messere, lasciatemi al vostro servizio, in mercé, se in nulla vi dispiacqui, e in quell'ufficio che meglio vi tornerà -.

Il barone si grattò il naso, come soleva fare tutte le volte che gli veniva voglia di assestare un ceffone.

- Via! - gli disse con tal piglio da non dover tornar due volte sulle cose dette; - levamiti dai piedi, mascalzone; ché dei tuoi servigi non so che farmene, e bada che se la sera di domani ti trova ancora nel castello non ne uscirai dalla porta -.

Il povero paggio aveva perduto la testa; malgrado la gran paura che mettevagli addosso il suo signore tentò tutti i mezzi per cercar di vedere quella donna che gli avea irradiato di luce la vita in un attimo, e che amava più della vita. Ma la baronessa lo evitava, come avesse voluto fuggire se stessa, o le sue memorie. Tutti i progetti e i timori più assurdi si affollarono nella testa delirante del giovane innamorato, e credendo la vita di donna Violante minacciata dal barone, decise di far di tutto per salvarla. Finalmente, mentre sollevava una tenda sotto la quale ella passava, fiera, calma e impenetrabile, le sussurrò sottovoce:

- Se il mio sangue può giovarvi a qualcosa, prendetevelo, madonna! -

Ella non si volse, non rispose, e passò oltre. Ei rimase come fulminato.

X.

La sera che non dovea più trovar Corrado nel castello si avvicinava rapidamente, ed egli non si rammentava nemmeno della terribile minaccia di quel signore che giammai non minacciava invano. Era pazzo di amore; avrebbe pagato colla testa un quarto d'ora di colloquio colla sua signora. Il barone prima di andare a dormire soleva fare tutte le sere la visita del castello. Corrado contava su quel momento per avere un'ultima spiegazione, o un ultimo addio dalla baronessa. Allorché tutto fu buio, s'insinuò non visto nel ballatoio, e venne a riuscire dietro la finestra di donna Violante.

Don Garzia era seduto colle spalle alla finestra, e stava cenando. La moglie eragli di faccia, col mento sulla mano e gli occhi fissi, impietrati. Ad un tratto, fosse presentimento, fosse fluido misterioso, fosse qualche lieve rumore fatto dal giovane coll'appoggiare il viso ai vetri, ella trasalì, alzò il capo vivamente, e i suoi sguardi s'incontrarono con quelli del paggio a guisa di due correnti elettriche.

- Cos'avete? - domandò il barone.

- Nulla - diss'ella, bianca e impassibile come una statua.

Il barone si voltò verso la finestra: - Che rumore e cotesto? -

Donna Violante chiamò la cameriera; e le ordinò di chiudere bene; era fredda e rigida come una statua di marmo. - Sarà il vento, - soggiunse, - o la finestra non è ben chiusa -.

Corrado ebbe appena il tempo di rannicchiarsi rasente al muro. Il barone di tanto in tanto volgeva alla sfuggita sulla moglie uno sguardo singolare, e, cosa più singolare, era sobrio! - Non bevete un sorso? - domandò versandole del vino.

Ella non osò rifiutare, alzò lentamente il bicchiere, e si udirono i suoi denti urtare due o tre volte contro il vetro.

Poi rimase pensierosa, ma con certa ansietà febbrile, gettando sguardi irrequieti qua e là.

- Bisogna che vi cerchi un altro paggio, ora che Corrado è partito - disse il barone figgendole gli occhi in viso.

Donna Violante non rispose, ma levò gli occhi anche lei, e si guardarono. Il barone bevve un altro bicchier di moscato, e si alzò per andare a far la ronda della sera.

Come fu sola la donna, si levò anch'essa, quasi spinta da una molla, e si diede a passeggiar per la camera, agitata e convulsa. Ogni volta che passava dinanzi alla finestra vi gettava un'occhiata scintillante. Ad un tratto vi andò risolutamente, e l'aperse.

Essi si trovarono faccia a faccia, e si guardarono in silenzio.

- Ma che fai qui? - domandò donna Violante con accento febbrile!

- Son venuto a morire - rispose il paggio con calma terribile.

- Ah! - esclamò ella con un sorriso amaro. - Lo sai che t'ho fatto scacciar io?

- Voi!

- Io!

- Perché m'avete fatto scacciare?

- Perché non ho potuto far scacciare me stessa, e perché non ho avuto il coraggio di uccidermi dopo di essermi vendicata.

- Che vi ho fatto? - esclamò egli colle lagrime nella voce.

- Che m'hai fatto?... - rispose la donna fissandolo con occhi stralunati. - Che m'hai fatto?... Ebbene, cosa vuoi ancora? cosa sei venuto a fare?

- Son venuto a dirvi che vi amo! - diss'egli senza entusiasmo e senza amarezza.

- Tu! - esclamò la baronessa celandosi il viso fra le mani.

- Perdonatemelo, Madonna! - aggiunse il paggio sorridendo tristamente - cotesto amore che vi offende lo sconterò in un modo terribile.

- No! - diss'ella con voce delirante. - Non voglio che tu muoia, non voglio più amarti, e non voglio rivederti mai più!... no! no! vattene! -

Egli scosse il capo rassegnato. - Andarmene? È tardi, il ponte levatoio è tirato, e il barone mi ha detto che questa sera non avrebbe voluto trovarmi più qui. Bisognava che io arrischiassi qualche cosa per vedervi un'ultima volta, così bella come vi ho sempre dinanzi agli occhi, e che io paghi con qualcosa di prezioso il potervi dire la terribile parola che vi ho detto.

- Ebbene! - rispose donna Violante, pallida come lui, tremante come lui - anche io sconterò il mio fallo... È giusto! -

In questo momento si udirono i passi del barone che ritornava accompagnato da qualcuno.

- Sia! - esclamò convulsivamente la baronessa. - Ti amo, son tua, sia! moriamo! -

E gli cinse le braccia al collo, e gli attaccò alle labbra le labbra febbrili. Si udì la voce di don Garzia che diceva al Bruno:

- Tu va sul ballatoio e sta a guardia da quella parte -.

Corrado si strappò da quell'amplesso di morte, con uno sforzo più grande di quel che ci sarebbe voluto per precipitarsi dalla finestra di cui gli veniva chiuso lo scampo, e stringendole la mano risolutamente:

- No! voi no! Ricordatevi di me, Violante, e non temete per voi. Il povero paggio saprà morire come un gentiluomo -.

E mentre si udivano già i passi del barone dietro l'uscio, e Bruno che percorreva il ballatoio, si slanciò nell'andito ch'era dietro l'alcova, e in fondo al quale spalancavasi il trabocchetto.

Don Garzia entrò con passo rapido, non guardò nemmen la moglie, la quale sembrava un cadavere, gittò un'occhiata alla finestra chiusa, ed entrò nell'andito senza dire una parola.

Non si udì più nulla. Poco dopo riapparve d'Arvelo, calmo e impenetrabile come al solito. - Tutto è tranquillo, - disse. - Andiamo a dormire, Madonna -.

XI.

La notte s'era fatta tempestosa, il vento sembrava assumere voci e gemiti umani, e le onde flagellavano la rocca con un rumore come di un tonfo che soffocasse un gemito d'agonia. Il barone dormiva.

Ella lo vedeva dormire, immobile, sfinita, moribonda d'angoscia, sentiva la tempesta dentro di sé, e non osava muoversi per timor di destarlo. Avea gli occhi foschi, le labbra semiaperte, il cuore le si rompeva nel petto, e sembravale che il sangue le si travolgesse nelle vene. Provava bagliori, sfinimenti, impeti inesplicabili, vertigini che la soffocavano, tentazioni furibonde, grida che le salivano alla gola, fascini che l'agghiacciavano, terrori che la spingevano alla follia. Sembravale di momento in momento che la vòlta dell'alcova si abbassasse a soffocarla, o che l'onda salisse e traboccasse dalla finestra, o che le imposte fossero scosse con impeto disperato da una mano che si afferrasse a qualcosa, o che il muggito del mare soverchiasse un urlo delirante d'agonia: il gemito del vento le penetrava sin nelle ossa, con parole arcane ch'ella intendeva, che le dicevano arcane cose, e le facevano dirizzare i capelli sul capo - e teneva sempre gli occhi intenti e affascinati nelle orbite incavate ed oscure di quel marito dormente, il quale sembrava la guardasse attraverso la palpebre chiuse, e leggesse chiaramente tutti i terrori che sconvolgevano la sua ragione. - Di tanto in tanto si asciugava il freddo sudore che le bagnava la fronte, e ravviava macchinalmente i capelli che sentiva formicolarsi sul capo, come fossero divenuti cose animate anche essi. Quando l'uragano taceva, provava un terrore più arcano, e con un movimento macchinale nascondeva il capo sotto le coltri, per non udire qualcosa di terribile. Ad un tratto quel suono che parevale avere udito in mezzo agli urli della tempesta, quel gemito d'agonia, visione o realtà, s'udì più chiaro e distinto. Allora mise uno strido che non aveva più nulla d'umano, e si slanciò fuori del letto.

Il barone, svegliato di soprassalto, la scorse come un bianco fantasma fuggire dalla finestra, si precipitò ad inseguirla, saltò sul ballatoio e non vide più nulla. La tempesta ruggiva come prima.

Sul precipizio fu trovato il fazzoletto che avea asciugato quel sudore d'angoscia sovrumana.

XII.

La storia avea divertito tutti, anche quelli che la conoscevano diggià, e che la commentavano ai nuovi venuti colla leggenda degli spiriti che avevano abitato il castello. La sera era venuta, l'ora e il racconto aiutavano le vagabonde fantasticherie dell'eccellente digestione. Luciano e la signora Matilde avevano impallidito qualche volta durante quel racconto che conoscevano:

- Badate, - le sussurrò egli sottovoce. - vostro marito vi osserva! -

Ella si fece rossa, poi impallidì, guardò il mare che imbruniva, e s'avviò la prima. Scesero le scale crollanti, e giunti al basso era quasi buio. La grossa tavola che faceva da ponte levatoio sull'abisso spaventoso il quale spalancasi sotto la rocca, a quell'ora era un passaggio pericoloso. I più prudenti si fermarono prima di metterci piede, e proposero di mandare al villaggio per cercar dei lumi.

- Avete paura? - esclamò il signor Giordano con un sorrisetto sardonico.

E si mise arditamente sullo strettissimo ponte. Sua moglie lo seguì tranquilla e un po' pallida, Luciano le tenne dietro e le strinse la mano.

In quel momento, a 150 metri sul precipizio, accanto a quel marito di cui s'erano svegliati i sospetti, quella stretta di mano, di furto, fra le tenebre avea qualcosa di sovrumano. L'altro li vide forse nell'ombra, lo indovinò, avea calcolato su di ciò... Si volse bruscamente e la chiamò per nome. Si udì un grido, un grido supremo, ella vacillò, afferrandosi a quella mano che l'avea perduta per aiutarla, e cadde con lui nell'abisso.

A Trezza si dice che nelle notti di temporale si odano di nuovo dei gemiti, e si vedano dei fantasmi fra le rovine del castello.